POR DENTRO DA SÉRIE DA HBO

GAME OF THRONES™

TERCEIRA E QUARTA TEMPORADAS

Por C. A. TAYLOR

Prefácio de DAVID BENIOFF E D. B. WEISS

Tradução GABRIEL BRUM

LeYa

— AGRADECIMENTOS —

É estranho quando se tem consciência de estar participando de algo muito especial. Trabalhar em *Game of Thrones* foi, sem sombra de dúvida, uma das melhores experiências da minha carreira, graças em grande parte ao elenco e à equipe excepcionais, ao lado dos quais me senti genuinamente honrado. O meu obrigado a todos os que incomodei tantas vezes em busca de declarações, pessoas de quem roubei tempo no auge da insanidade e a quem voltei depois com mais perguntas. Eu incluiria todas as suas palavras, se fosse possível. Vi o trabalho artístico depositado em cada detalhe. Ainda estou fascinado.

Obrigado em particular a Frank Doelger, Bernie Caulfield, Chris Newman, Michele Clapton, Tom Martin, Deb Riley e Tommy Dunne, que fizeram todo o possível por mim. Obrigado especialmente também a Joanne Hall, Ide O'Rourke, Adam Chazen, Donna Hughes e Terry Palmer, por me ajudarem com dúvidas intermináveis e por conseguirem as imagens mais fantásticas.

Alanna Riddell, William Simpson, Annick Wolkan, Naimh Currie, Kate McLaughlin e Steve Collins: vocês conservaram minha cafeína e minha sanidade.

Helen Sloan e Bryan Cogman: este livro não existiria sem vocês e ficou melhor por sua causa. Meu marcador de texto agora é de vocês, e também minha gratidão.

Cara Grabowski, da HBO, e Sarah Malarkey, da Chronicle, que me ofereceram mais paciência e orientação do que eu provavelmente merecia.

Por último, mas não menos importante: sou verdadeiramente grato a George R.R. Martin, por criar essa história épica e por me conceder muito mais tempo do que o obrigatório para me ajudar a explorá-la. David Benioff e Dan Weiss, vocês me deram uma oportunidade e me convidaram para um mundo que eu nunca sonhei em ver de perto. Estou em dívida com vocês por tudo o que aprendi.

Dedico este livro à minha mãe, Ruth.

Agradecimentos especiais a: Joshua Goodstadt, Janis Fein, Cara Grabowski, Stacey Abiraj, Tommy Finkelstein, Vicky Lavergne, Susanna Felleman, Robin Eisgrau, Sarah Malarkey, Michael Morris, Lia Brown, Jeff Campbell, Dean Burrell, Beth Steiner e Johan Almqvist.

Fotografias de *Game of Thrones* por Helen Sloan, a principal fotógrafa promocional.

Fotografias extras pelos fotógrafos promocionais Macall Polay, Keith Bernstein, Neil Davidson e Nick Briggs; e por Robert Boake, Niall McEvoy, Colin McCusker, Aoife Warren e Barrie Gower/BGFX.

Ilustrações dos figurinos por Michele Clapton.

Tema de abertura de *Game of Thrones* composto por Ramin Djawadi.

Visual da partitura por Ramin Djawadi e William Marriott.

Arte conceitual por Tobias Mannewitz, Anthony Leonardi III, Nick Ainsworth e Peter McKinstry.

Maquete do Septo por Aoife Warren.

Imagens dos efeitos visuais por Elastic, Pixomondo, SpinVFX.

Mapa da Baía dos Escravos por Jacob Taylor.

HBO

www.hbo.com

LEYA EDITORA LTDA.
Av. Angélica, 2318 – 12° andar
01228-200 – São Paulo – SP
www.leya.com.br

Preparação: Guilherme Bernardo e Nina Lua
Revisão: Leonardo Alves
Adaptação de projeto gráfico e capa: Ana Dobón
Fechamento de arquivo: Victor Mayrinck

Dados Internacionais de Catalogação na Publicação (CIP)
Angélica Ilacqua CRB-8/7057

Taylor, C. A.
Por dentro da série da HBO: Game of Thrones - terceira e quarta temporadas / C. A. Taylor;
prefácio de David Benioff e D. B. Weiss; tradução de Gabriel Brum. – São Paulo: LeYa, 2016.
192 p.: il., color.

ISBN 978-85-441-0457-6
Título original: Inside HBO's Game of Thrones: Seasons 3 & 4

1. Game of Thrones (programa de televisão) 2. Televisão – seriados I. Título II. Benioff, David III. Weiss, D. B. IV. Brum, Gabriel Oliveira

16-0856 CDD 791.4572

Índices para catálogo sistemático:
1. Game of Thrones (programa de televisão)

— SUMÁRIO —

— PREFÁCIO —

POR DAVID BENIOFF E D. B. WEISS

Para cada grande história há um começo. A de Game of Thrones *começou quando David Benioff e Dan Weiss leram uma série de romances épicos de George R. R. Martin e, com a bênção do autor, conseguida a muito custo, elaboraram um projeto para a única emissora que eles achavam que seria capaz de realizá-lo: a HBO.*

Agora, ao final de sua bem-sucedida quarta temporada, David e Dan relembram aquela carta e os momentos importantes para a série.

C. A. TAYLOR: Ao ler a sua carta de 2006 para a HBO, fica claro que vocês haviam encontrado algo especial nos livros de George R. R. Martin. Vocês chegaram ao ponto de apostar a carreira no sucesso da série. (Acho que vocês ganharam.) Algum dia imaginaram que ela se tornaria esse imenso fenômeno?

DAVID BENIOFF E D. B. WEISS: Não. Imaginamos que ela poderia se tornar um fenômeno por outros motivos. Algo como "isso teria sido muito legal se o único lugar do mundo que poderia fazê-lo não tivesse dito *não*". Ou "bem, desperdiçamos três anos das nossas vidas e toneladas de esperança num piloto que foi um fracasso e que não virou uma série". Ou ainda "criamos uma série vista por cerca de um terço do público necessário para justificar o seu custo". Mas "imenso fenômeno" nunca foi nossa aposta.

CT: Houve algum momento específico em que vocês perceberam no que a série estava se transformando?

BENIOFF E WEISS: Quando (o diretor executivo da HBO) Richard Plepler nos disse, em tom confidencial, que precisaria de cópias antecipadas dos episódios de uma temporada para o presidente dos Estados Unidos. E quando um amigo nos mandou um vídeo da fila da exposição de *GoT* em Nova York. E quando nossas mães pararam de perguntar se já tínhamos encontrado outro emprego.

CT: Comentam com frequência que um de seus principais objetivos era levar a série pelo menos até o Casamento Vermelho. O que tornou esse momento um marco tão importante para vocês?

BENIOFF E WEISS: Bem, a reação das pessoas que viram o episódio foi a mesma que tivemos quando lemos a cena no livro. Foi, talvez, a sensação mais impactante que um evento ficcional já nos causou. E a ideia de levar essa sensação para a tela era muito atraente. Basicamente queríamos arruinar meses da vida de várias pessoas.

CT: Olhando para as quatro primeiras temporadas, há algum episódio, cena ou momento-chave que os deixou particularmente orgulhosos?

BENIOFF E WEISS: É impossível escolher só um ou dois. Tivemos muita sorte de trabalhar com uma quantidade absurda de pessoas absurdamente talentosas, e seus esforços combinados conferiram uma riqueza estupenda à série.

CT: Vocês dois dirigiram episódios para a terceira e a quarta temporadas. Isso era algo que sempre planejaram tentar? E foi difícil abordar o episódio como roteiristas e diretores ao mesmo tempo?

BENIOFF E WEISS: As discussões com os roteiristas foram muito desagradáveis. Aqueles caras são uns grandes babacas.

O nosso plano sempre foi tentar, sim, se chegássemos a um ponto em que a série estivesse funcionando bem e nos sentíssemos confortáveis para nos afastar pelo tempo necessário. E foi muito divertido. Quando chegou a hora, tivemos sorte o bastante de trabalhar com pessoas que conhecemos, amamos e em quem confiamos. Então foi como ser jogado na parte mais funda da piscina – mas com boias de braço.

CT: Olhando para o futuro, quais vocês acham que serão os seus maiores desafios nas próximas temporadas?

BENIOFF E WEISS: Bem, a cada ano as coisas ficam maiores e mais ambiciosas no que diz respeito à produção. Então, ao seguirmos em frente, o desafio sempre será ver o quanto conseguimos filmar e entregar a tempo para a data de estreia do ano seguinte. Quanto à história... o elenco vive mudando nessa série. Nas primeiras três temporadas, era principalmente uma questão de lidar com expansões e de manter vital e atuante um número cada vez maior de personagens. O desafio mudou um pouco desde o fim da terceira temporada: estamos na fase de contração, avançando devagar, mas sem parar, rumo à conclusão. Agora, a questão é mais sobre de que modo a série vai evoluir à luz da partida daqueles personagens que não estão mais conosco. A morte de Joffrey, por exemplo: ela muda drasticamente a dinâmica do mundo da série.

CT: Se pudessem trazer uma pessoa de volta à vida, quem seria?

BENIOFF E WEISS: Gostaríamos que Khal Drogo trouxesse Joffrey, Robb, Cat e Ned do além-túmulo nas costas. Ele provavelmente conseguiria. Ficou mais sarado desde que morreu. Se não desse conta, Tywin poderia carregar um deles.

[PÁGINA AO LADO] ***David e Dan observando a filmagem de uma cena importante em Porto Real.***

NA SALA DOS ROTEIRISTAS

ENTREVISTA COM BRYAN COGMAN

Bryan Cogman começou a trabalhar como assistente de David Benioff e Dan Weiss muitos anos antes de Game of Thrones *ser aprovada. Com o seu conhecimento enciclopédico da série, Bryan atua como o guardião bíblico de* Game of Thrones, *oferecendo informações sobre o pano de fundo e os personagens quando necessário. Bryan escreveu episódios, trabalhou como editor de roteiro e agora é coprodutor.*

C. A. TAYLOR: Você está envolvido ativamente na adaptação da história dos livros para a tela, começando com a criação do esboço da temporada. Como aborda essa tarefa gigantesca?

BRYAN COGMAN (COPRODUTOR E ROTEIRISTA): Para a primeira e a segunda temporadas, quando estávamos fazendo um livro por temporada, eu me sentava e resumia cada capítulo passo a passo e criava documentos com os esboços dos vários arcos de personagens. Nas temporadas seguintes, passei a resumir vários livros. Depois que digerimos todo o material dos livros, David e Dan designam um bocado de personagens a cada um dos roteiristas. Então escrevi um esboço da terceira temporada de Arya, adaptando cenas dos livros e criando outras por conta própria. Agora, 80% desse material pode nunca acabar na série, mas nos dá um ponto de partida. Então, entre as temporadas, nós nos reunimos na sala dos roteiristas ao longo de algumas semanas, lemos os primeiros esboços uns dos outros, juntamos o material, jogamos coisas fora, inventamos outras e colocamos as principais sequências num mural – é assim que surge o rascunho de uma temporada. A partir daí, colaboramos num esboço aprimorado e detalhado da temporada, que David e Dan se encarregam de terminar. Depois disso, os roteiros são encomendados e escritos.

CT: Há alguma fala ou cena em particular que você gostaria de ter escrito?

BC: Sim, é uma cena pela qual recebi o crédito! O monólogo de Yoren em "O que está morto não pode morrer" [terceiro episódio da segunda temporada], em que ele conta a história de como matou o assassino do irmão antes de entrar para a Patrulha da Noite e coloca na cabeça de Arya a ideia de recitar uma "prece de vingança" todas as noites com os nomes das pessoas que ela quer matar. Um texto fantástico, escrito no final da pré-produção por David e Dan e incluído no meu episódio. Então recebi os créditos, mas não fui eu que escrevi. E, claro, é a melhor cena do maldito episódio.

CT: Você tem algum personagem favorito?

BC: O meu favorito é o Jaime. Acho o arco dele muito fascinante; assista ao Jaime do primeiro episódio e o compare com o Jaime do último capítulo da quarta temporada. É uma transformação assombrosa. Para mim, a história dele, de toda a superação, é resumida numa fala do quarto episódio da quarta temporada. Ele está mostrando a Brienne o Livro Branco, onde todos os feitos gloriosos dos membros da Guarda Real do passado e do presente são registrados.

Os verbetes dos outros cavaleiros estão cheios de façanhas, mas no seu pequeno verbete está escrito "vergonha e ignomínia". Ele diz a Brienne: "É dever do Senhor Comandante preencher estas páginas. E ainda há espaço na minha."

CT: Você tem alguma fala ou diálogo favorito?

BC: Há uma cena absolutamente maravilhosa entre Theon Greyjoy e Meistre Luwin no episódio final da segunda temporada, cujo destaque é a lembrança atormentada de Theon – interpretado de maneira fantástica por Alfie Allen – de ser criado como um refém: "Sabe o que é ouvir que tem sorte de ser o prisioneiro de alguém? Ouvir o quanto você lhes deve?" Não sei se é a minha favorita, mas é um grande exemplo da empatia que a série tem pelos seus personagens mais desprezíveis, e Theon havia sido bastante desprezível até aquele momento.

CT: Parte do seu trabalho é estar no set para observar as filmagens e aconselhar o diretor quando necessário. Você tem algum momento favorito da quarta temporada?

BC: Teve um dia que eu achei muito emocionante. Para variar, era o momento de um personagem "pequeno", mas acho que é nesse tipo de ocasião que a série se destaca. É uma cena do sétimo episódio da quarta temporada, quando Mindinho enfim se entrega aos seus desejos e beija Sansa no jardim coberto de neve do Ninho da Águia. É uma cena bastante perturbadora, principalmente por causa da reação de Sansa ao beijo…

[PÁGINA AO LADO] *O conteúdo de* **As histórias dos Senhores Comandantes da Guarda Real** *é fiel ao cânone da série e escrito à mão pelo artista Michael Eaton.* [ACIMA] *Jaime Lannister examina as suas poucas realizações no Livro Branco.*

— PLANEJANDO UMA TEMPORADA —

No início de uma nova temporada, antes que a equipe de produção tenha voltado para o escritório, o trabalho já começa, quando se tenta descobrir como coordenar as filmagens em quatro países com cinco diretores, duas unidades e um elenco e uma equipe de mais de setecentas pessoas. A única maneira de se produzir dez episódios por temporada é com um planejamento muito cuidadoso. Cabe ao produtor Chris Newman encaixar as peças do quebra-cabeça.

CHRIS NEWMAN (PRODUTOR): Durante a primeira temporada, não pretendíamos contar com duas unidades na série. Porém, logo ficou evidente que ter uma unidade em Malta trabalhando em paralelo com a unidade de Belfast era a opção mais eficiente. O objetivo principal é não colocar um membro importante – um diretor, diretor de fotografia ou ator – em duas locações ao mesmo tempo. No início, a única maneira de fazer as coisas funcionarem foi implantando um sistema de código de cores para os episódios, cortar as cenas em tiras e movê-las num mural como peças de xadrez. Qualquer pessoa que trabalha na indústria sabe que não existe isso de cronograma perfeito. É simplesmente uma série de destilações pelas quais você passa até chegar àquele que considera o melhor plano.

De modo geral, eu recebo o esboço por volta de fevereiro e passo cerca de um mês pensando nele. O padrão é trabalhar na ordem dos episódios, mas pode haver uma única cena num episódio posterior que necessita de um set que é preciso substituir. Adiantamos esse episódio, se possível. Não queremos acabar numa situação em que um diretor vai a uma cidade para uma cena e depois não ocorre mais nada nas semanas seguintes. Tentamos ter um cronograma preliminar o quanto antes. Se houver problemas com o tempo de construção ou com a disponibilidade de um ator, quanto antes descobrirmos, maior será a nossa chance de negociar datas e coisas do tipo. De vez em quando ocorre um incidente que desorganiza tudo; quando Kit [Harington] quebrou a perna, tivemos de adiar as cenas com Jon Snow para que ele pudesse fazer as sequências de ação – se bem que, se tivéssemos deixado, ele provavelmente as teria feito de qualquer forma.

[ACIMA] *Chris Newman passa boa parte do tempo no set, supervisionando as filmagens e a solução de problemas.* [PÁGINA AO LADO] *Um trecho do cronograma real da terceira temporada. Cores diferentes mostram episódios diferentes; a primeira coluna informa a cena; a última, o número de atores.*

Episode / Scene	Set	Int/Ext	Location / Description	Time	Pages	Cast
Distant South Wolf Crew						
1. 28	Stone Pier.	EXT	**Sea View, King Landing** – Sansa and Shae meet up with Little finger as she walks by the waterfront	Day	4 4/8 pgs	6, 13, 26, 51
Raven						
6 19 a	Cell 4 Paint Hall	EXT	**Top of the Wall** – They arrive on top of the wall	Night	5/8 pgs	8, 44, 45, 204
End Day # 61	Friday, September 28, 2012 -- Total Pages 10 1/8					
Distant South Wolf Crew						
10. 34pt	Pilo Gates	EXT	**Red Keep Main Gates** – Jamie back at the Red Keep at last	Day	1/8 pgs	5, 20, 59, 100
3. 3	waterside gardens	EXT	**King's Landing** – Tywin quizes Pycelle on the matter of Jon Arryn's death	Day	3 3/8 pgs	10, 32
6 22	Stone Pier.	EXT	**Sea View, King Landing** – Sansa is too late, as Littlefingers boat sails away	Day	5/8 pgs	13, 26
End Day # 62	Saturday, September 29, 2012 -- Total Pages 4 1/8					
Distant South Wolf Crew						
5. 25	Gardens	EXT	**Red Keep, Tyrell gardens** – Loras and Young man temptations!	Day	1 7/8 pgs	13, 41, 57, 207
10. 34pt	Gardens (Ruined area	EXT	**Red Keep Distant** – Jamie back at the Red Keep at last	Day	6/8 pgs	5, 20, 59, 100
End Day # 63	Sunday, September 30, 2012 -- Total Pages 2 5/8					
Dragon Crew						
7 2	Mourne	EXT	**South of the Wall** – Wildling Raiding party now south of the wall.	Day	2 pgs	8, 44, 45, 204
7 23	Mourne	EXT	**Woods (North of Winterfell)** – Jon is tested on his knowledge of Castle Black	Day	1 7/8 pgs	8, 44, 45, 204
7 24	Mourne	EXT	**Woods (North of Winterfell)** – Deer is toasts as Jon and Ygritte hunt	Day	3/8 pgs	8, 45
Distant South Wolf Crew						
10. 2	Gardens	EXT	**Red Keep Gardens** – Sansa and Tyrion walk in the courtyard to much amusement. They are strange allies	Day	2 7/8 pgs	1, 13, 26, 76, 245, 248
10. 5	Ft St Lawrence	EXT	**Red Keep Courtyard** – Varys encourages Shae to :eave town. She declines	Day	2 4/8 pgs	18, 26
End Day # 64	Monday, October 1, 2012 -- Total Pages 9 5/8					
Dragon Crew						
7 25	Mourne	EXT	**Small Cottage** – Hunting and Jon and Ygritte fantazise about a life together	Day	1 4/8 pgs	8, 45
8 4	Mourne	EXT	**Northern Hill** – Ygritte sees a tower. Jon cautions about the attack on the wall	Day	3 3/8 pgs	8, 44, 45, 60, 204
Distant South Wolf Crew						
6 14, 15pt	Gardens	EXT	**Red Keep , Gardens** – Sansa and Loras promenade in the Garden (also seen from High Window)	Day	2 pgs	13, 41
2. 10	Gardens (Ruined area	EXT	**Red Keep Courtyard** – Loras and Sansa walk and talk	Day	1 5/8 pgs	13, 41, 57
End Day # 65	Tuesday, October 2, 2012 -- Total Pages 8 4/8					
Dragon Crew						
8 22pt	Banbridge	EXT	**Harrenhall Bear Pit** – Jamie returns for Briennne who is the days entertainment for Vargo	Day	2 5/8 pgs	5, 20, 59, 84, 100
Distant South Wolf Crew REST DAY						
End Day # 66	Wednesday, October 3, 2012 -- Total Pages 2 5/8					
Dragon Crew						
8 22pt	Banbridge	EXT	**Harrenhall Bear Pit** – Jamie returns for Briennne who is the days entertainment for Vargo	Day	2 2/8 pgs	5, 20, 59, 84, 100
Distant South Wolf Crew						
2. 11	Gardens	EXT	**Red Keep Gardens** – Oleanna Tyrell extracts from Sansa her true opinion of Joffrey	Day	4 7/8 pgs	13, 56, 57, 239
End Day # 67	Thursday, October 4, 2012 -- Total Pages 7 1/8					
Belfast Dragon Crew						
9. 4	B Stage Paint Hall	INT	**Twins Audience Room** – Robb and Mother are apologising to Walder and all his daughters	Day	4 pgs	2, 9, 54, 58, 77, 90, 96, 97, 210, 244

— ENCONTRANDO WESTEROS —

Das falésias de Pedra do Dragão aos campos de batalha das Terras Fluviais, e mesmo para além da Muralha, a Irlanda do Norte forneceu grande parte das locações vistas em Game of Thrones. *O gerente de locações, Robbie Boake, é responsável por encontrar Westeros no mundo real, incluindo Porto Real, em Armagh, e Castelo Negro, em Larne.*

ROBBIE BOAKE (GERENTE DE LOCAÇÕES): A primeira coisa que faço é examinar o esboço assim que o recebo e determinar o que acho que será filmado em um set interno ou em outro país – coisas que não conseguimos reproduzir aqui. Geralmente tenho cerca de um mês para procurar o máximo possível de locações, e é preciso sair para encontrá-las. Dirijo por horas, subo colinas e entro em florestas.

A essa altura, a produtora começa a fazer as suas buscas também. É verdade que temos apenas uma designer em *Game of Thrones*, mas, ao contrário do que ocorre em um filme, temos mais de um diretor, e cada um pode ter ideias diferentes. À medida que os roteiros evoluem, as opções para locações adequadas vão se reduzindo naturalmente. Os roteiristas têm uma ideia clara de qual será a direção em que os personagens vão partir ou de como uma cena de ação será executada. Assim que esses detalhes ficam disponíveis, começamos a olhar para os elementos logísticos: vamos precisar derrubar cercas, ou há casas visíveis que precisam ser escondidas? Há espaço para a base da unidade a uma distância apropriada do set? E o terreno não será difícil para os animais?

Logo chegamos ao estágio em que vários dos outros departamentos se envolvem: o departamento de construção pode montar sets, o de efeitos visuais pode cobrir uma área com fumaça ou neve. Então precisamos obter as permissões junto aos respectivos governos. Em uma área pública, a segurança é a principal preocupação. Queremos proteger a propriedade intelectual da série até que ela vá ao ar, além de preservar sua mitologia. Não é tão mágico se o espectador conseguir visualizar um set no meio de uma bela paisagem interiorana. É extremamente importante não invadir terras particulares quando se busca um set.

Nós nos esforçamos para deixar cada locação que usamos tal como a encontramos, e, em muitos casos, em condições ainda melhores: reformamos estradas para melhorar o acesso ou construções por motivos de segurança. Queremos ser capazes de continuar filmando, sobretudo em locações que talvez queiramos revisitar – nem todo mundo percebe quantos lugares, como o Castelo de Shane, foram usados repetidas vezes. Desde o início ele se tornou a cripta de Winterfell e foi reutilizado para alocar uma série de masmorras. Foi a cela de Ned Stark, uma cela de Pedra do Dragão e até mesmo uma sala de visitas das Gêmeas. Na próxima temporada, o Castelo de Shane também abrigará a Forja da Fortaleza Vermelha. O local já foi cenário de mais de vinte cenas, da pista de torneios na primeira temporada a algumas das cenas mais recentes de Theon. O Castelo Cairn também foi cenário de muitas cenas importantes, da primeira execução do piloto às flechadas de Ygritte em Jon. Além disso, ele cumpre a função de Estrada do Rei, recebendo todos os grupos que viajam por ela.

[ACIMA] *Ballintoy é conhecida principalmente pela baía das Ilhas de Ferro, mas a praia na margem oposta é o cenário de Pedra do Dragão.* [PÁGINA AO LADO] *A série é filmada em várias locações por toda a Irlanda do Norte, com frequência em locais extremamente remotos e com uma logística difícil.*

COMPONDO O TEMA

Entrevista com Ramin Djawadi

O compositor de* Game of Thrones*, Ramin Djawadi, estudou música cinematográfica na Berkley College of Music em Boston antes de se mudar para Los Angeles para trabalhar com o compositor vencedor do Oscar Hans Zimmer na Remote Control Productions. Ele se envolveu com* Game of Thrones *após ser contatado por David Benioff e Dan Weiss, que lhe mostraram os dois primeiros episódios e uma versão preliminar da sequência de abertura. Ramin vem trabalhando na trilha sonora da série desde o episódio-piloto.

C. A. TAYLOR: Como tudo começou para você?

RAMIN DJAWADI (COMPOSITOR): Os dois foram muito espertos: eles me chamaram para assistir a essa versão preliminar da abertura e me mostraram no que vinham trabalhando. Fiquei tão inspirado pela força do visual que na mesma hora comecei a trabalhar na trilha sonora.

CT: O que é mais importante para a composição de uma trilha sonora ou de um tema de abertura: a história ou o visual?

RD: É uma combinação dos dois, para ser franco. Sempre acho incrível: quando leio o roteiro ou ouço a história, crio certas expectativas. Então, depois de ver as atuações e os sets, essas expectativas podem ser transformadas. Mesmo quando não estou compondo especificamente para uma cena, costumo ter as filmagens passando ao fundo para me ajudar a fazer uma imersão naquele mundo.

CT: A figurinista Michele Clapton diz que, em geral, pensa nos personagens como certas cores quando cria suas roupas. Existem instrumentos que representem pessoas para você?

RD: Sem dúvida. Parte do modo como vejo as notas é através das cores, então, se há um elemento visual específico que é vermelho ou amarelo, certas tonalidades ou notas me vêm à mente. Essa série é bastante desafiadora. Umas das primeiras coisas sobre as quais David, Dan e eu conversamos foram a complexidade e as camadas da história e de como os personagens são organizados. Qual seria a melhor maneira de elaborar esses temas? Gosto de usar Daenerys como exemplo: no começo da história, não dava para imaginar quão poderosa ela se tornaria. Foi muito importante criar um tema para certos personagens ou certas casas que pudesse ser transformado em algo poderoso, sombrio ou triste. O tema precisava que esses elementos fossem implantados desde o início, sem que eles fossem necessariamente ouvidos de imediato. "As chuvas de Castamere" é outro bom exemplo: desde o início sabíamos que essa música estava sendo preparada para ser o grande tema do Casamento Vermelho. Foi divertido e desafiador, e a vimos evoluir até chegar naquele ponto.

CT: Há alguma música ou algum tema específico de um personagem que seja seu favorito?

RD: Uma das que terminei recentemente, "Mhysa", continua sendo uma das minhas preferidas. Foi mais um momento maravilhoso de Daenerys. Essa faixa tem um coro feminino, um coro masculino e até mesmo um coro de crianças, com todos cantando aquela letra – uma música muito poderosa.

Além dessa, há também o tema romântico de Jon Snow e Ygritte, de quando eles finalmente conseguem subir e atravessar a Muralha – achei aquela música bastante poderosa e fiquei muito feliz com o resultado. Às vezes é o caso de misturar dois temas diferentes, mas nem sempre temos tantos temas – às vezes há um tema para uma locação ou um enredo inteiros; um personagem só ganha um tema próprio se a sua história for predominante o suficiente. Foi assim com Theon: ele só ganhou um tema na segunda temporada.

CT: Você sempre trabalha com músicos ao vivo quando vai para o estúdio?

RD: Trabalhar com músicos ao vivo confere uma personalidade e uma profundidade que sinto não ser possível reproduzir de fato com um computador. Se eu puder escolher, minha preferência é sempre trabalhar com eles. Aumenta a qualidade da obra. Dito isso, houve momentos em que usei sintetizadores entremeados no som porque, nesses casos em particular, eles se adequavam a *Game of Thrones*.

CT: A diferença entre os mundos aumenta o desafio ou a graça de *Game of Thrones*? Como o contraste entre o quente e sufocante Essos e a desolação etérea ao norte da Muralha.

RD: Sem dúvida aumenta a graça. Veja Daenerys, por exemplo: temos mais influências orientais com ela, como o *bedug* [um tambor indonésio], enquanto que, ao norte da Muralha, eu uso tigelas de vidro para criar a sensação de frio. Mais uma vez, é nesse ponto que os elementos visuais se mostram cruciais. Vemos Daenerys cercada pelo deserto ou a Patrulha da Noite em uma paisagem sem cor – é muito divertido pintar esses ambientes com música. Ouvimos falar dos Caminhantes

Brancos antes mesmo de vê-los, mas no fundo há ainda um eco suave que confere uma profundidade e uma ressonância à cena que deveriam causar um pouquinho de medo.

CT: Qual é a sua abordagem em uma cena visceral como a do Casamento Vermelho e uma música como "As chuvas de Castamere", tão fundamentais para a série?

RD: Começamos a discutir na temporada anterior como essa cena precisaria ser: bela, melancólica etc. Na segunda temporada, eu já tinha começado a direcionar as coisas para ela com os Lannister. De certa forma, quando chegamos ao casamento, tivemos uma sensação do que estava por vir quando a música começou. Acho que talvez seja por isso que ela tenha surtido aquele efeito inconscientemente.

CT: Você procura referências históricas específicas quando compõe, por exemplo, para uma canção picante como "O urso e a bela donzela"?

RD: Tento não procurar. Tento me focar apenas na beleza e na extensão do mundo de fantasia em que estamos. Não é uma obra histórica, então não preciso pensar em termos de influências barrocas ou renascentistas, mas sim em algo como: "Até onde posso levar isso sem que fique completamente deslocado?" Eu diria que é possível tocar "O urso" até num violão, se você quiser.

CT: A sequência de abertura de *Game of Thrones* é provavelmente um dos temas mais reconhecíveis dos últimos anos. Como você se sente com a reação que ela causou?

RD: De alguma maneira, tudo parece funcionar. Houve uma clara ligação entre o visual e a música. Lembro que, no dia seguinte à estreia, David e Dan me mandaram um link para um vídeo do YouTube com alguém tocando a música com um instrumento diferente. Então vídeos de vários tipos começaram a aparecer, e fiquei espantado. Foi sensacional ver pessoas tocando as suas próprias versões em acordeões, flautas tradicionais e doces e guitarras. Um dos vídeos que mais me impressionaram foi o de alguém que ligou vários discos rígidos uns nos outros e fez com que tocassem o tema. Eu nem imagino como a pessoa fez isso! Foi incrível.

[ACIMA] *Partitura para a música-tema de* **Game of Thrones**.

— CRIANDO A ABERTURA —

Cada episódio de Game of Thrones *começa com a sequência de abertura vencedora do Emmy, que se tornou uma marca registrada da série e é imediatamente reconhecível. Invenção da equipe de criação da Elastic em Los Angeles, ela tem tantos detalhes que é fácil não perceber todos de primeira, dos brasões junto aos créditos aos emblemas gravados nos modelos inspirados em Da Vinci que se expandem pelo mapa. No fim das contas, a sequência de abertura conta sua própria história, que evolui junto com a série.*

ANGUS WALL (DIRETOR DE CRIAÇÃO): Depois que o piloto foi filmado, algumas pessoas ficaram confusas com a geografia, então começamos a brincar com a ideia de mapas. A princípio, os elementos visuais foram inseridos entre cenas da série, o que era eficaz, mas interrompia a narrativa. Estava difícil decidir qual seria o conceito, então resolvemos criar algo que se pode encontrar em um livro de fantasia, com mapas e uma legenda. Dan e David haviam escrito a abertura como o voo de um corvo de Porto Real até Winterfell, mas parecia trivial demais. Queríamos criar uma versão do mundo que fosse fácil de ser compreendida usando modelos em 3-D, e logo percebemos que fazia mais sentido colocar esses modelos dentro de uma esfera, um ambiente fechado, por que seria possível ver o que estava por vir. Vistos do lado de fora de uma esfera, esses elementos ficariam ocultos atrás da linha do horizonte. Inverter o mundo foi um grande avanço.

Um dos primeiros estudos de estilo era intitulado Monge Louco, pois estávamos nos inspirando no estilo gesticulador de Ralph Steadman. A ideia se enraizou e acabou se tornando esse conceito de monges, em algum lugar do mundo da série, assistindo ao desenrolar dos eventos e talvez os influenciando de algum jeito.

HAMEED SHAUKAT (PRODUTOR): Eles atualizam o mapa à medida que o mundo muda. Por exemplo, Harrenhal já foi uma fortaleza poderosa que acabou destruída. No nosso mapa, Harrenhal está inerte. Continua sendo o único local que não se mexe, pois está "quebrado".

KIRK SHINTANI (SUPERVISOR DE COMPUTAÇÃO GRÁFICA): A ideia é que o mapa seja uma versão viva do mundo, então, quando Winterfell é incendiado, ele também é destruído no mapa.

ANGUS WALL: Acrescentar novas cidades sem dúvida mantém a coisa toda interessante. A sequência de abertura de fato varia, mostrando cada uma das locações que serão visitadas naquele episódio. É claro que alguns episódios repetem o mesmo caminho, mas em geral temos cerca de três ou quatro sequências distintas por temporada. Ao final da quarta temporada, teremos completado catorze versões diferentes da abertura.

O nosso trabalho é basicamente fazer o papel dos monges responsáveis pelo mapa.

HAMEED SHAUKAT: Não há elementos realmente ocultos, mas há muitos detalhes. Quando a câmera para nos aros do astrolábio, é possível ver entalhes intrincados. Quando se sabe o que procurar, vê-se que eles contam a história da queda da dinastia Targaryen, começando com Valíria e terminando com a ascensão de Robert Baratheon. Algumas pessoas descobriram isso, é claro, mas não é explicado em detalhes. Também tentamos incorporar os emblemas das famílias governantes em cada locação, de modo que o emblema Baratheon está em Porto Real, os Stark estavam em Winterfell e, nesta temporada, incluímos o homem esfolado no Forte do Pavor para os Bolton. Pusemos até o Portão dos Cavalos de Vaes Dothrak. A única coisa que ninguém parece ter visto ainda é que o Punho dos Primeiros Homens está minimamente visível no mapa, acima da Muralha.

KIRK SHINTANI: Começamos a primeira temporada com a ideia de que as engrenagens e rodas dentadas funcionariam juntas, subindo e descendo, para fazer com que os modelos se comportassem da maneira correta. Isso também remete a uma ideia anterior de que tudo poderia ser feito com um martelo, uma serra e um cinzel.

ANGUS WALL: Começamos com as descrições dos livros, mas também incorporamos a arte conceitual da série. Temos um artista incrivelmente talentoso, Rustam Hasanov, que, ao elaborar os conceitos, passa boa parte do tempo examinando todas as referências nos livros. É uma cidade rica ou pobre? É uma cidade mercantil ou escravagista?

HAMEED SHAUKAT: Às vezes a equipe de computação gráfica lança mão de certa licença poética, mas isso pode ser necessário. Veja Pedra do Dragão, por exemplo: na série, ela só é vista da praia. Precisávamos de uma cidade inteira com uma vista aérea, então ter determinadas informações, por exemplo, que ela precisava ter a forma de um dragão e que já tinha sido a sede dos Targaryen, permite à equipe de computação gráfica usar da licença poética necessária para criar coisas completamente reconhecíveis e, ainda assim, manter certo espaço para interpretações. Na nossa sequência, o primeiro ângulo que se vê de Pedra do Dragão reproduz o que é possível enxergar da praia, de modo que não parece deslocado para o telespectador.

Quando chegou a hora de incluir a música, o compositor Ramin Djawadi apareceu para ver a sequência. Ele andou pelo estúdio e viu todos os conceitos e diferentes elementos, e então foi embora para trabalhar no tema da abertura. Voltou três dias depois com o tema pronto. Sinceramente, foi uma das entregas de trabalho mais impressionantes que já testemunhei.

A equipe com que trabalhamos na primeira temporada merece muito crédito. Além de nós e do [diretor de arte] Rob Feng, tínhamos uma equipe de 27 pessoas trabalhando nessa sequência. Isso inclui todos os profissionais, desde os compositores até a equipe de efeitos visuais. Se temos um processo eficiente agora, isso se deve à base criada naquela época.

[PÁGINA AO LADO] *Arte conceitual mostrando os detalhes dos aros do astrolábio.* [ACIMA] Close *das torres mecânicas que se transformam em Porto Real, criadas pela Elastic.*

— CRIANDO O VALIRIANO —

No mundo de Game of Thrones*, o alto valiriano é uma língua antiga da Cidade Franca de Valíria. No passado, o império dos valirianos abrangia um vasto território. Como resultado, uma versão do idioma conhecido como "baixo" valiriano ainda é falada na região e nas nove Cidades Livres do Oeste (embora cada uma tenha seu próprio dialeto e suas evoluções linguísticas). O uso do alto valiriano agora se limita principalmente ao clero e à nobreza rural, o que torna a fluência de Daenerys surpreendente, mas também uma ferramenta estratégica útil. Diferentemente do dothraki, o vocabulário criado para os livros estava limitado a algumas palavras e expressões, tornando o seu desenvolvimento um desafio empolgante para o linguista David J. Peterson.*

GEORGE R. R. MARTIN (COPRODUTOR EXECUTIVO E AUTOR): Eu realmente preciso dar 95% do crédito pelas línguas a David Peterson. Tolkien era um linguista fenomenal e, mesmo antes de escrever *O Senhor dos Anéis*, havia criado não uma, mas duas línguas élficas. Ele também criou a língua dos anões e de Númenor – adorava criar línguas de fantasia. Nesse sentido, o herdeiro dele é David Peterson, sem dúvida alguma.

Não sou linguista. Não sei nórdico antigo ou inglês antigo como Tolkien. Quando os meus livros são vendidos para o mercado internacional, eu dependo dos tradutores. Para mim, é como um truque de mágica: eu crio algumas palavras e tento dar a elas um sabor específico. Então simplesmente escrevo a fala e acrescento "disse Daenerys em alto valiriano". Não é possível fazer isso numa série de TV, é claro. Antes da estreia, eu costumava receber cartas de entusiastas de línguas que perguntavam a respeito do vocabulário e da sintaxe do alto valiriano. Eu respondia, dizendo: "Desculpe, amigo, eu só inventei sete palavras dessa língua, e só devo bolar uma oitava quando precisar."

Nesse caso, a série definitivamente assumiu as rédeas da situação e a levou mais longe do que eu seria capaz.

DAVID J. PETERSON (LINGUISTA): Da mesma forma como comecei com a língua dothraki, o meu primeiro passo com o valiriano foi pegar dos textos todas as palavras que George [R. R. Martin] havia criado. Levou bem menos tempo do que com o dothraki, porque, fora *valar morghulis, valar dohaeris* e as palavras para "irmão mais novo", havia apenas alguns vocábulos soltos. Qualquer um que tenha lido os livros sabe como as expressões são memoráveis e fortes, então não demorou muito para serem reunidas. Eu não queria começar com *valar morghulis*, pois isso nos levaria direto para todas as complexidades da gramática. Eu sabia que George queria que o alto valiriano tivesse o mesmo lugar na sociedade deles que o latim tem na nossa. Fora isso, tentei reunir todos os nomes que sem dúvida eram valirianos e também aqueles que pareciam ser.

Os nomes se mostraram bastante úteis. Na verdade, comecei com os nomes, separei todas as desinências comuns de cada um e as usei para determinar todas as classificações nominais com um certo número de desinências fixas. A partir daí pude criar um sistema de gênero, mas, ao contrário do latim, que tem apenas masculino, feminino e neutro, decidi fazer algo um pouco mais divertido. Baseado originalmente em uma antiga divisão entre substantivos animados e inanimados, em que ambos vinham em duas variedades, criei um sistema de quatro gêneros, que se tornaram os gêneros solar, lunar, terrestre e aquático. Certos substantivos característicos que se encaixam nessas classificações – como alguns dos substantivos irregulares mais comuns, como em *solar*, a palavra para sol, e em *lunar*, a palavra para lua – se tornaram os paradigmas desses gêneros. Nesse ponto de partida, a maior ajuda veio, sem dúvida, dos livros.

Na verdade, há *duas* versões de alto valiriano. Há pessoas que ainda o falam, como Daenerys, mas a pronúncia dela não é exatamente igual à da época em que o idioma era a língua corrente. Para falar a verdade, ela é gramaticalmente mais próxima da língua antiga do que seria na Cidade Franca de Valíria antes da destruição. Na época, as pessoas falariam a língua no dia a dia, e ela teria mudado e evoluído. A ideia é de que a linhagem Targaryen queria manter a língua pura, de modo que teria ficado longe das mudanças que outras linhagens valirianas estariam usando. Assim, a versão dos Targaryen não foi gramaticalmente alterada. Ao mesmo tempo, isso não reflete a realidade da língua como ela teria sido. Na verdade, ela representa um momento de um império destruído.

Em compensação, as mudanças radicais vistas em particular no baixo valiriano são as ouvidas na Baía dos Escravos e em seus arredores. São todas mutuamente inteligíveis, embora as línguas de Yunkai e Astapor sejam muito mais próximas entre si do que da língua de Meereen. A comparação talvez seja a diferença entre alguém que fala com um sotaque escocês carregado comparado com alguém da Nova Inglaterra. Para Daenerys, a língua de Meereen seria quase impenetrável; é diferente demais. Eu me diverti muito criando tanto a língua original quanto a versão descendente, que teria uma relação com a original similar à que o espanhol tem com o latim. Não é algo que já tivemos a oportunidade de ver antes. Se olharmos para a obra de Tolkien, nunca vemos as versões mais antigas da língua nos livros em si, apenas as descendentes.

JACOB ANDERSON (VERME CINZENTO): No início, parecia quase impossível. Eu me lembro de ver o primeiro e-mail de David Peterson com MP3s e pensar: "Como vou fazer isso?" A princípio, achei que talvez pudesse apenas imitar o que ele estava dizendo, mas logo percebi que não iria funcionar. É preciso saber o que está sendo dito, e eu queria compreender tudo. É um desafio diferente entender o que cada palavra significa, que sons as vogais têm, onde fica a sílaba tônica. É o maior desafio que já tive, mas é *muito divertido*.

DAVID J. PETERSON: Jacob Anderson é sem dúvida o melhor ator que já vi quando se trata de trabalhar com uma língua inventada. De toda a minha experiência, ele é o melhor que já encontrei. Também fiquei bastante impressionado com Emilia Clarke, que fez um trabalho fantástico com as entonações. Essa é uma língua que tem um ritmo muito distinto e bastante diferente do dothraki, e ela acerta em cheio. O modo como junta as palavras faz com que soem como frases e orações completas e do jeito preciso. Isso é o que um ator tem de fazer com uma língua inventada para que ela seja convincente.

[PÁGINA AO LADO] ***Daenerys é uma das poucas falantes vivas de alto valiriano.***

TERCEIRA

TEMPORADA

Parte Um

Além da Muralha

"Se não conseguirmos, se não os avisarmos nos reinos antes que o inverno acabe, todo mundo que você conhece estará morto."

— Senhor Comandante Jeor Mormont

A terra de Westeros está em polvorosa. Ao norte da Muralha, Jon Snow está em uma missão para encontrar o misterioso Mance Rayder, líder do imenso exército selvagem. Enquanto isso, Samwell Tarly, companheiro de Snow na Patrulha da Noite, está tentando retornar à Muralha com outra notícia que pode mudar tudo: os lendários e terríveis Caminhantes Brancos não só existem como estão se deslocando para o sul.

Sem que Jon tenha conhecimento, os seus dois irmãos mais novos estão viajando para o norte com o gigante gentil Hodor e a sempre leal Osha. Eles se veem guiados pelas visões oníricas de Bran e por seus misteriosos novos companheiros, Meera e Jojen Reed, que têm mais do que o caminho para mostrar a Bran.

OS SELVAGENS:
UMA BREVE HISTÓRIA

"NÓS NÃO NOS CHAMAMOS DE SELVAGENS, NÓS NOS CHAMAMOS DE POVO LIVRE. NÃO NOS CURVAMOS PARA FIDALGOS PERFUMADOS CUJOS BISAVOZINHOS VENCERAM ALGUMA BATALHA DE QUE NINGUÉM MAIS SE LEMBRA."

— CRASTER

Há milhares de anos, quando Bran, o Construtor, começou a construção da Muralha, ele separou mais do que um país: dividiu para sempre o povo. Ao norte da Muralha, sem serem governados por um soberano ou senhor, permaneceram as tribos e os clãs conhecidos como Povo Livre, que continuou sobrevivendo sem que houvesse registro do tamanho de sua população.

Antecedidos apenas pelos misteriosos Filhos da Floresta e descendentes dos Primeiros Homens, eles passaram a habitar Westeros milhares de anos antes dos reis do sul, que chegaram com a invasão dos ândalos, apenas seis mil e quinhentos anos antes. Assim, o Povo Livre se orgulha muito de sua liberdade e não reconhece as reivindicações de soberania que vêm do sul da Muralha – na verdade, ele não se ajoelha a ninguém e segue apenas os seus próprios líderes escolhidos.

Em outros lugares, os integrantes do Povo Livre são conhecidos de forma pejorativa como selvagens. Muitos os consideram brutos e ignorantes, quase bárbaros. Apesar de seus ataques fronteiriços do outro lado da Muralha e das escaramuças com a Patrulha da Noite, os selvagens não representam um grande perigo aos reinos do norte de Westeros, com os quais mantêm uma rixa ancestral. A sua sociedade descentralizada e primitiva não é vista como motivo de preocupação.

No entanto, um novo inverno está chegando, e os clãs selvagens se reuniram para criar uma força esmagadora, liderada por um misterioso "Rei-para-lá-da-Muralha", um desertor da Patrulha da Noite e patrulheiro lendário: Mance Rayder.

[DUPLA ANTERIOR] *Jon Snow troca o seu manto negro por peles selvagens.* [PÁGINA AO LADO] *Ygritte viaja com um grupo selvagem.* [ACIMA] *Camisa de Chocalho de guarda no acampamento selvagem de Mance Rayder.*

MANCE RAYDER

"SABE COMO EU CONSEGUI QUE ADORADORES DA LUA, CANIBAIS E GIGANTES MARCHASSEM LADO A LADO, NO MESMO EXÉRCITO? EU LHES DISSE QUE TODOS NÓS VAMOS MORRER SE NÃO FORMOS PARA O SUL."

— MANCE RAYDER A JON SNOW

Mance Rayder era um membro da Patrulha da Noite que foi ferido por um gato-das-sombras durante uma patrulha no Passo dos Guinchos. Mance foi levado até uma aldeia selvagem para ser curado, e o seu manto esfarrapado foi remendado com seda escarlate pela filha de uma feiticeira – um grande tesouro para ela e um presente generoso para ser dado a um patrulheiro. Contudo, quando Mance retornou à Muralha, tomaram-lhe o manto remendado, pois não era mais o negro que ele jurara vestir. Ao raiar do dia seguinte, Mance deixou a Muralha e a Patrulha da Noite e rumou para o norte – tudo pela liberdade de poder escolher o próprio manto.

Agora, na terra que se estende para além da sombra da Muralha, ele se tornou um líder dos selvagens. Mance está reunindo tribos rivais e clãs isolados com um único propósito: atravessar a Muralha para sobreviver ao inverno que se aproxima depressa e aos mortos-vivos (verdadeiros pesadelos ambulantes) que estão vindo com ele – e a cujo avanço implacável talvez só a Muralha seja capaz de resistir.

CIARÁN HINDS (MANCE RAYDER): *Game of Thrones* continua crescendo numa escala cada vez mais ampla. É um mundo épico, muito influenciado por alianças e tratados. Todos os seus habitantes têm uma natureza, seja ela boa ou ruim, impulsionada por todo tipo de motivação, desde o medo e o desejo até o poder e a cobiça. Há um mistério que aprecio: o destino de qualquer personagem não tem nenhuma garantia.

Acredito que os selvagens precisavam de alguém que os liderasse, e Mance é o mais capacitado entre eles. Não acho que ele se considere um rei. Ele acredita na ideia de que os selvagens não se ajoelham a ninguém. No momento, está sendo impelido por puro desespero. Toda essa gente corre o risco de ser dizimada. Ele sabe que acabará num confronto, mas em sua cabeça a questão é simples: vamos atravessar, de um jeito ou de outro, pois o que está lá fora, atrás de nós, é pior.

KIT HARINGTON (JON SNOW): Depois de ter visto Ciarán em tantas peças teatrais, eu o considero um dos nossos maiores atores vivos. Ele tem um olhar muito intenso. Aqueles olhos fantasticamente insanos são perfeitos para Mance. Acho que Jon Snow tem um respeito absoluto por Mance. Ele sabe que esse sujeito é incrivelmente astuto e carismático, até enigmático. Há um elemento de veneração de um herói, mas o encontro deles não é bem definido. Mance inclusive diz isso a Jon. Acho que Mance de fato quer o poder agora que o conseguiu, e Jon está preocupado com o que acontecerá se todos eles acabarem ao sul da Muralha. Jon não pode se esquecer dos milhares de anos de tensão e conflito entre os selvagens e os nortenhos só por causa das palavras de um homem.

[ACIMA] *Mance recebe Jon Snow.* [PÁGINA AO LADO] *Mance Rayder interpretado por Ciarán Hinds.*

— CONSTRUINDO O ACAMPAMENTO DE MANCE —

Em um campo de lava perto de Mývatn, na Islândia, a designer de produção Gemma Jackson e sua equipe precisaram de menos de um mês para criar o acampamento de Mance, enquanto enfrentavam a neve pesada do inverno islandês. Mas a tenda principal, que é o centro do acampamento dos selvagens, foi construída quatro meses antes em Belfast, no estúdio Paint Hall, e serviu como o set da primeira cena entre Mance e Jon. Depois dessa única cena, a tenda foi desmontada e transportada para a Islândia para as filmagens das cenas nas locações.

O diretor de arte Ashleigh Jeffers criou o visual do acampamento selvagem com a ideia de que não haveria materiais de construção na área. Todas as estruturas teriam sido criadas a partir de materiais coletados ou caçados, como ossos de mamute ou de baleia. Os selvagens são transitórios e nômades, e o acampamento de Mance precisaria ser desmontado e transportado pela neve.

Lembrando uma caixa torácica, a armação da tenda principal foi feita de pedaços entalhados de isopor, cobertos com gesso para criar a forma suave e a largura dos ossos. Cada "costela" foi então pintada e envelhecida para refletir o desgaste num clima tão extremo. A criação dos ossos levou cinco semanas, e foram necessários mais quinze dias para erguer a armação e revesti-la com as paredes de couro, compostas por uma mistura de diferentes peles de animais.

Na Islândia, Ashleigh trabalhou com a equipe local para recriar a tenda de Mance e a aldeia ao redor dela. Contudo, nem todas as tendas vistas na tela são reais. Para refletir o montante dos seguidores de Mance em tomadas mais abertas, o departamento de efeitos visuais replicou e aumentou o número de tendas, mostrando a aldeia desaparecendo ao longe.

ASHLEIGH JEFFERS (DIRETOR DE ARTE): O processo de construção na Islândia não foi diferente da construção em Belfast, exceto pelo fato de que estávamos lutando contra o clima. Durante a primeira semana, ficamos presos no hotel – houve uma nevasca intensa, e a neve chegava a quase dois metros e meio nas janelas. Tivemos de chamar escavadores para abrir as estradas através de quatro metros e meio de neve. As fendas do campo de lava estavam ocultas, e as rochas eram absurdamente afiadas. Certo dia, perdemos um dos veículos em um dos vales ocultos, mas adoramos toda aquela aventura.

No fim, erguemos a estrutura em um dia e as peles no dia seguinte. Se a tivéssemos deixado parcialmente coberta, a tenda funcionaria como uma vela e seria arrancada pelos ventos fortes. Nós a prendemos no chão com redes de pesca capazes de segurá-la. Quando o tempo piorou, a neve e o gelo funcionaram como cimento para mantê-la no lugar. O desafio principal foi mantê-la de pé até que a equipe de filmagem chegasse e, então, limpar a neve. Ironicamente, quando montamos o set com as carcaças de cavalo a algumas dezenas de metros dali, toda a neve derreteu. Tivemos que levar mais para o local, tanto falsa quanto a que se havia depositado nas redondezas.

[PÁGINA AO LADO] *Design conceitual do acampamento de Mance.* [NO ALTO] *Figurantes islandeses se preparam para uma tomada.* [ACIMA] *Marcas são colocadas para a entrada de Jon Snow no acampamento.*

— FILMANDO NA ISLÂNDIA —

Desde a segunda temporada, Game of Thrones *vem sendo filmada na Islândia, e o país forneceu alguns dos cenários mais dramáticos da série. A escolha do lugar foi em grande parte graças ao produtor Chris Newman, que já havia morado e trabalhado no país. A ilha apareceu ainda mais na terceira e na quarta temporadas. As diferentes paisagens do lugar fornecem as locações ideais para as terras de clima extremo para além da Muralha e, durante o verão, para as colinas e depressões dramáticas do Vale. Até agora,* Game of Thrones *foi filmada ao todo em dezessete locações islandesas distintas, incluindo parques nacionais e geleiras, topos de montanhas, arredores de termoelétricas e até mesmo campos de lava. Apesar de ocasionalmente ficarem presos em hotéis e terem caminhões soterrados por nevascas, os integrantes da equipe só falam sobre o quanto adoram o povo e as incríveis paisagens quando relatam a experiência de filmar lá.*

CHRIS NEWMAN: Se dinheiro não fosse problema, talvez fosse possível considerar filmar na Nova Zelândia no inverno, mas poderia não ser o melhor investimento. A alternativa é tentar criar algo, mas há um limite para se convencer o espectador com neve falsa. Depois de alguns anos, começamos a temer que as coisas parecessem desgastadas em sets cobertos. Na Islândia, é sempre possível encontrar neve permanente – mesmo que esteja mais para gelo e em uma geleira – e, ainda assim, ter um bom acesso por estradas.

Ir para a Islândia não é como viajar para um país sem infraestrutura. A economia deles inclui o turismo esportivo. Não estávamos criando uma estrutura de filmagem em um ambiente totalmente estranho. Além disso, eu sabia que a equipe local poderia dar conta de uma filmagem nativa: filmar cenas islandesas com uma equipe islandesa. Essa é a melhor maneira de lidar com isso.

Existem desafios. O tempo das viagens pode ser longo, e há limitações. Talvez se queira reduzir o número de atores, por exemplo. É preciso pensar na quantidade de equipamento que se pode transportar para cada locação. Então tendemos a usar a paisagem como um pano de fundo ou uma tela para cenas íntimas, deixando que o cenário penetre na tomada de forma mais orgânica. Em grandes sequências de ação, às vezes perdemos o pano de fundo devido ao clima. Também é preciso levar em consideração as horas disponíveis para filmagem. Se só tivermos cinco horas e meia num dia, precisamos levar em conta o tempo de preparação. É possível acessar as áreas no escuro? E é seguro?

Não queremos que as cenas pareçam artificiais. Queremos que a interação dos personagens com o ambiente seja verossímil. Filmar nessas locações também ajuda os atores: eles não precisam fingir que estão com frio. Ninguém precisa lembrá-los de tremer.

Um dos bônus, claro, é que as comunidades vikings locais podem fornecer o visual perfeito para os nossos figurantes selvagens e da Patrulha da Noite. Os islandeses parecem gostar de nos ter por lá quase tanto quanto gostamos de ir para lá.

[PÁGINA AO LADO (ACIMA)] *Mance Rayder e Jon Snow conversam enquanto rumam para o sul.* [PÁGINA AO LADO (ABAIXO)] *Na neve islandesa, a equipe de dublês se prepara para atacar Samwell Tarly enquanto ele foge do exército de mortos-vivos na abertura da terceira temporada.* [ACIMA] *Figurantes iniciam a marcha na neve da Islândia.*

— VESTINDO OS SELVAGENS —

Quando a figurinista Michele Clapton começou a pensar nas roupas dos selvagens, sua ideia foi criar visuais que distinguissem de maneira sutil uma variedade de povos. As terras para além da Muralha são muito vastas, e isso naturalmente criaria diferenças sociais. Selvagens que vivessem perto do litoral teriam cotas de malha feitas de ostras ou conchas de mexilhões, enquanto os que vivessem mais para o interior poderiam usar peles ou, como Camisa de Chocalho, adornar suas roupas com ossos.

As roupas dos selvagens também seriam costuradas à mão. Para imitar esse efeito, tipos diferentes de couro foram presos uns aos outros por tiras de látex, de forma a parecerem costurados. Os pinos que funcionam como fechos têm a forma de ossos, mas na verdade são de plástico, feitos em moldes e pintados. Fazer um único casaco leva metade de um dia. Costureiras usam agulhas grossas de 25 centímetros para costurar os couros e usam as mesmas proteções nas mãos que os marinheiros utilizam quando remendam velas. Perfurar os couros de antemão daria uma aparência de produção industrial, coisa que Michele está determinada a evitar. O casaco-padrão pesa quase quatro quilos, enquanto os mais pesados têm quase oito, e isso antes que as conchas e os ossos sejam acrescentados.

Cada casaco selvagem também é pintado à mão com imagens similares a pinturas rupestres, de mamutes e criaturas que vagam pelas terras gélidas. Toucas e chapéus são feitos da maneira mais orgânica possível, com costuras e nós que deem a impressão de que foram criados com materiais encontrados na natureza. Lâminas semelhantes a crampons *feitas de galhadas de veados, que os selvagens podem amarrar aos pés, são o acessório de inverno fundamental.*

Para o armeiro Tommy Dunne, a variedade de selvagens também significa uma variedade de armas. Alguns são desertores da Muralha, como Mance, que teriam levado consigo suas próprias espadas ou facas, mas mesmo essas armas precisariam ser adaptadas e encurtadas.

TOMMY DUNNE (ARMEIRO): Seria impossível ter uma lâmina de oitenta centímetros num lugar onde há um acúmulo de um metro e meio de neve. A arma simplesmente se transformaria num bloco de gelo e ficaria mais pesada. Também pensei nos selvagens mais como uma força guerrilheira que ataca e se desloca depressa, de modo que não nos preocupamos com as armas maiores, do tipo que é usado em cercos. Eu queria pensar nisso como um retorno à natureza, onde se vivia da terra e dos animais que eram caçados. De um ponto de vista realista, o acesso à madeira seria muito limitado, então pensei em usar galhadas e ossos para empunhaduras e armas. Usamos ossos de verdade, mas as galhadas são apenas aquelas que caem naturalmente das manadas a cada ano. Temos sorte de ter um bom suprimento delas.

[PÁGINA AO LADO] *Roupa selvagem pintada à mão.* [ACIMA] Crampons *feitos de galhada para andar no gelo.* [À DIREITA] *Detalhes intricados no desenho original da roupa de Ygritte.* [PRÓXIMA DUPLA] *Arte conceitual mostrando a magnitude da Muralha antes de Sam e Goiva tentarem escalá-la.*

— A MURALHA —

EPISÓDIO 6: "A ESCALADA"

Construída quatro mil e quinhentos anos atrás, a Muralha é uma das estruturas mais importantes de Westeros. Com mais de duzentos metros de altura e estendendo-se por quase quinhentos quilômetros, a Muralha foi construída para defender Westeros dos horrores secretos do Norte, os Caminhantes Brancos, que foram esquecidos pelo tempo e transformados em lendas. À medida que isso acontecia, a Muralha foi sendo abandonada e se deteriorando aos poucos. Dos dezenove castelos originais ao longo da Muralha, somente três ainda são habitados: Torre Sombria, Atalaialeste-do-Mar e Castelo Negro. No entanto, ela continua sendo um obstáculo intimidador. No sexto episódio, Mance e o seu exército de selvagens viajam rumo à Muralha, e Mance ordena que um pequeno grupo a escale para preparar o seu ataque. Essa cena dramática tornou-se um dos maiores desafios de produção da terceira temporada.

ALIK SAKHAROV (DIRETOR): Foi muito importante que houvesse uma sensação de que a escalada era contínua. Quando fiz o *storyboard* da cena, a princípio eu tinha cerca de oitenta tomadas com efeitos visuais, o que era muita coisa. Eu queria ver o abismo abaixo e o vasto céu vazio enquanto eles escalassem. Logo ficou claro que eu não poderia trabalhar daquela forma. Depois ficou muito subjetivo: tudo girava em torno das interações dos personagens. Mesmo que eles não falassem, era possível sentir a tensão. O mais importante para mim foi não termos içado os atores Muralha acima. Eles tiveram de escalá-la. Precisávamos ver o esforço para ser convincente. A Muralha precisava ter espaço para acomodar os quatro escaladores ao mesmo tempo, então eles estavam realmente escalando juntos.

TOM MARTIN (GERENTE DE CONSTRUÇÃO): No início, fizemos alguns testes com o visual: alguns achavam que devia parecer uma geleira; outros queriam neve e gelo compactados, uma vez que a Muralha devia ser uma estrutura erguida por mãos humanas. Quando [a designer de produção] Gemma Jackson concordou com o estilo, construímos uma estrutura básica de madeira e a revestimos com gaze e gesso, para a base e para dar forma. Depois borrifamos cera quente e punhados de sal marinho para dar a aparência de cristalização. Durante os testes com os dublês ficou óbvio que a estrutura estava fina demais. Os golpes dos dublês escaladores às vezes atravessavam a estrutura de madeira. No fim, mudamos completamente o processo. Fizemos um modelo inteiro de isopor com gesso e cera e, enquanto ele estava sendo curtido, sopramos pequenas quantidades de *glitter*

para dar um brilho semelhante à neve. Um dos melhores elementos foi acidental: os cristais de sal absorveram água e formaram gotículas congeladas nas temperaturas baixas do amplo interior do Paint Hall no inverno, o que acabou fazendo com que os escaladores tocassem em uma superfície fria.

Durante a filmagem, tínhamos uma equipe de quatro pessoas pronta para reparar qualquer dano entre tomadas, usando maçaricos e uma mistura de cera e neve cenográfica para consertar a Muralha. Nas três semanas de filmagem, tínhamos duas equipes virando a noite e dando um novo acabamento na Muralha inteira, de modo que de manhã os escaladores podiam recomeçar numa Muralha nova em folha. Do início ao fim, incluindo todos os testes de efeitos visuais e dublês, a Muralha ainda é um dos sets da série que levam mais tempo para ser montados, cerca de doze semanas.

KIT HARINGTON: Foi uma filmagem cansativa. Eles deixavam a corda de segurança um pouco folgada, o suficiente para que fosse preciso escalar mesmo, e, se escorregássemos, caíamos. Em determinado momento, eu estava preso à Muralha por trás e erguendo Rose [Leslie, que interpreta a selvagem Ygritte] enquanto olhava para a frente, e a sensação era de que cairia se olhasse para baixo. Eu não estava a duzentos metros do chão, mas a situação ajudava a imaginar aquela altura. É claro, Rose teve de cair quando a Muralha cedeu, e ela foi fantástica. As cenas mais arriscadas ficaram por

[PÁGINA AO LADO] *Arte conceitual da escalada da Muralha.* [ACIMA] *Testes com tela verde no* **Paint Hall Cell 4.**

conta dos dublês. É incrível o modo como eles observam a sua atuação e imitam o seu estilo, como você se move e escala e até mesmo como usa o seu machado. No fim, foi uma dança maravilhosa trabalhar com eles.

ROSE LESLIE (YGRITTE): É preciso acreditar. Queremos ver o esforço no rosto, a mão agarrando com força. Como atriz, você quer essa profundidade na sua atuação. Podíamos ficar pendurados durante muito tempo, mas, logo antes que começassem a filmar, nós nos virávamos para o outro lado e a corda era deixada frouxa o suficiente para que estivéssemos com todo o nosso peso na Muralha. Havia uma máquina de vento de um lado e neve vindo do outro. Para nós quatro foi muito real. A sensação era de que a gente estava mesmo na Muralha. Alik nos lembrava a cada tomada do perigo de se fazer um movimento errado e o que isso podia significar.

JOE BAUER (SUPERVISOR DE EFEITOS VISUAIS): O set em si recebeu muita atenção do departamento de arte. A necessidade de se ter quatro pessoas escalando a Muralha ao mesmo tempo foi o que determinou o tamanho dela. Tínhamos duas sequências principais, uma a sessenta metros e outra a 150, diferenciadas basicamente pelo clima. Na altitude mais baixa, está nublado, e uma tempestade está se formando. Mas também queríamos criar uma sensação de "Olhe como estamos alto" — como telespectadores, nunca estivemos tão alto. Quando chegam à sequência superior, os personagens quase são arrancados da Muralha pela força da tempestade.

O departamento de efeitos visuais estendeu e expandiu os horizontes, criando a nossa própria Muralha da China. Começamos escaneando o set todo para criar um modelo digital em 3-D que pudesse ser usado para acompanhar os movimentos dos atores. O topo da Muralha é bem diferente, é claro. É um set minúsculo na vida real, e os atores precisaram ficar espremidos. Quando eles chegam lá, é a primeira vez que temos aquele tipo de vista. Usamos dois artistas para fazer o *matte painting* e criar a vista do que os personagens haviam deixado para trás, e isso foi a base. Depois usamos uma foto de uma locação no sul da Irlanda para criar a paisagem épica do Sul, que é para onde eles estão se dirigindo. Usamos uma iluminação romântica, já que é um momento importante para Jon e Ygritte. É o momento em que eles se *apaixonam*: queríamos que o horizonte representasse as possibilidades que eles tinham à frente.

[ACIMA] ***Tormund lidera a escalada.*** [PÁGINA AO LADO] ***Jon Snow e Ygritte chegam vivos ao topo.***

JOJEN REED

"VIEMOS DE MUITO LONGE PARA ENCONTRÁ-LO, BRANDON. E AINDA TEMOS UM LONGO CAMINHO PELA FRENTE."

— JOJEN REED

Jojen Reed apareceu pela primeira vez como um garoto misterioso em um sonho de Bran quando ele estava tentando rastrear e matar o Corvo de Três Olhos. Quando era pequeno, Jojen foi vítima de uma febre que parecia fatal. Sua irmã, Meera, cuidou dele por dez noites até que a febre desapareceu. Quando despertou, ele era capaz de ter visões, mas elas cobravam um alto preço de seu corpo ainda fragilizado, na forma de violentos ataques epilépticos. Jojen tem algum conhecimento dos wargs, que têm a habilidade de entrar em um animal, assumir o controle dele e usar os seus sentidos. Ele acredita que suas visões o estão guiando para que leve Bran para o norte além da Muralha a fim de encontrar o verdadeiro Corvo de Três Olhos, que segue ambos em seus sonhos.

THOMAS BRODIE-SANGSTER (JOJEN REED): Eu vi Jojen como alguém diferente de todas as pessoas que Bran encontrou. Gosto de brincar com a ideia de que, no início, o público não fazia ideia se Jojen e Meera eram bons ou maus. Jojen é tão jovem e tem poderes tão grandes – ele pode ser bastante intimidador.

Ele cresceu com as visões. Elas são parte de quem ele é. Jojen é alguém que vê essa habilidade tanto como um fardo quanto como um dom, mas é bastante receptivo a ela. Na verdade, ele é bastante receptivo a qualquer pessoa e às escolhas que fazem em vida. É um personagem muito abnegado: não é movido por ganância ou poder, mas simplesmente pela fé em suas visões. Para mim, ele é um dos personagens mais sensatos da série por causa disso.

[ACIMA] *Jojen Reed interpretado por Thomas Brodie-Sangster.* [PÁGINA AO LADO] *Meera Reed interpretada por Ellie Kendrick.*

MEERA REED

"ALGUMAS PESSOAS SEMPRE PRECISARÃO DE AJUDA. ISSO NÃO SIGNIFICA QUE NÃO VALE A PENA AJUDÁ-LAS."

— MEERA REED

Howland Reed certa vez salvou a vida de Ned Stark e foi um de seus aliados e amigos mais próximos durante a Rebelião de Robert. Agora, os filhos de Howland, Jojen e Meera, estão ligados pelo destino ao filho de Ned, Bran. Levada até Bran pelas visões de Jojen, Meera Reed usa suas habilidades para caçar comida e, acima de tudo, proteger o irmão. Quando Meera encontra Osha, a protetora de Bran, pela primeira vez, ela consegue levar a melhor contra a mulher, e elas continuam lutando para chegar num acordo. Por fim, quando o grupo é forçado a se separar, Osha precisa acreditar que Meera se empenhará com o mesmo afinco para proteger Bran.

ELLIE KENDRICK (MEERA REED): As motivações deles são bastante puras: quanto a Meera, ela só quer proteger o irmão para que ele possa seguir a sua visão. Os dois não se importam com poder ou política. É tudo pela lealdade. Eu gostei do fato de que esses personagens inverteram o clichê: é a garota que luta para proteger o garoto. Meera é muito sensata. Ela é direta e honesta. É maravilhoso interpretar uma mulher forte que não é uma megera. Não há muitas personagens assim. Eu conhecia os livros e sempre fui atraída pelas personagens molecas e fortes como Arya, então fiquei empolgada com a chance de fazer cenas de ação e aprender algumas habilidades.

OSHA

"APRENDI A ANDAR NO ESCURO."

— OSHA, AO DEIXAR BRAN

Osha é uma selvagem da região ao norte da Muralha. Ela vivia com um homem que desapareceu. Apesar de outras pessoas da aldeia terem dito que ele a havia abandonado, Osha não acreditou. Infelizmente, foi provado que ela estava certa quando, na calada da noite, o homem retornou – mas como um morto-vivo, com olhos anormalmente azuis da cor do céu. Quando a criatura que já fora seu amante a atacou, Osha cravou uma faca bem fundo no coração dele, mas o ser se recusou a morrer de novo. Depois de atear fogo à casa com o seu marido morto-vivo dentro, Osha correu e não parou até escapar para o sul da Muralha, perto de Winterfell.

Lá, ela foi apanhada tentando roubar o cavalo de Bran Stark na floresta ao redor de Winterfell e foi levada de volta ao castelo como punição. Embora tenha se tornado uma cuidadora dedicada das crianças Stark, ela, mais do que ninguém, sabe o que está chegando junto com o inverno.

Depois que Theon Greyjoy trai os Stark e captura Winterfell, Osha seduz Theon para ajudar os dois garotos Stark, Bran e Rickon, a escapar, junto com o forte e simplório Hodor. Osha se junta a eles na fuga, embora tenha medo da magia negra que acredita que as visões de Bran representam. Por fim, ela acaba se recusando a continuar com Bran, Jojen e Meera em sua jornada ao norte para o outro lado da Muralha. Osha jurou que jamais voltaria para lá e decide proteger o pequeno Rickon seguindo um caminho diferente.

GEORGE R. R. MARTIN: Talvez mais do que qualquer outra pessoa que interprete um selvagem, Natalia transmite essa sensação de não ser muito civilizada. Ela parece ser ligada à natureza e civilizada apenas em parte. Acho fascinante vê-la.

NINA GOLD (DIRETORA DE ELENCO): Só tem um jeito de dizer isto: ao encontrar Natalia, você percebe que ela *é* selvagem.

WARGS:
UMA BREVE HISTÓRIA

JOJEN REED: "VOCÊ PODE ENTRAR NA CABEÇA DELE E VER ATRAVÉS DE SEUS OLHOS."

BRAN STARK: "SOMENTE QUANDO ESTOU DORMINDO."

JOJEN REED: "É ASSIM QUE COMEÇA. ATÉ VOCÊ APRENDER A CONTROLAR ISSO. VOCÊ É UM *WARG*."

EMBORA NÃO MUITO CONHECIDO AO SUL DA MURALHA, o poder de um *warg*, a habilidade de controlar a mente de um animal, é um traço comum entre os selvagens. Os que têm esse dom costumam ser usados como batedores em missões de reconhecimento. A primeira transferência de consciência de um *warg* geralmente acontece durante o sono. Quando a sua mente está com um animal, o corpo do *warg* permanece em um estado comatoso vulnerável. Durante essa experiência, caso o corpo da pessoa seja morto, sua consciência pode permanecer dentro do animal e sobreviver. Da mesma forma, caso o animal hospedeiro seja morto, o *warg* ficará muito perturbado, mas provavelmente também sobreviverá.

Um *warg* não deve ser confundido com um vidente verde, alguém detentor do poder de ver tanto o passado quanto o futuro em sonhos vívidos, guiado pelo Corvo de Três Olhos.

Bran Stark teve a sua primeira experiência como *warg* após cair de uma torre em Winterfell e ficar paralítico. Bran, aprisionado em um corpo aleijado, lentamente manifestou a habilidade de fundir sua mente em sonhos com o seu lobo-gigante, Verão. A alegria que Bran sentia ao correr como o seu lobo-gigante se tornou uma tentação difícil de resistir.

No entanto, as habilidades de Bran continuam aumentando de maneira espantosa. Por exemplo, após escapar de Winterfell e encontrar Jojen e Meera Reed, o seu grupo é ameaçado por selvagens. Desesperado para proteger a todos, Bran consegue entrar na mente de Hodor e o controla para usar a força física do gigante, um indício assustador das habilidades naturais do garoto.

[PÁGINA AO LADO] ***Natalia Tena como Osha, a selvagem.*** [ACIMA] ***Bran usando suas habilidades de*** warg.

— FILMANDO OS LOBOS-GIGANTES —

Na primeira temporada, as cinco crianças Stark – Robb, Sansa, Bran, Arya e Rickon – e o bastardo Jon Snow adotam filhotes de lobo-gigante após encontrarem a ninhada órfã na floresta junto à sua mãe morta. Ao final da terceira temporada, dois lobos-gigantes estão mortos, uma está perdida e apenas três com certeza estão vivos. O lobo-gigante de Robb, Vento Cinzento, é morto por homens dos Bolton no Casamento Vermelho. A loba-gigante de Sansa, Lady, é executada pelo seu pai, Ned. Isso ocorre depois que a loba-gigante de Arya, Nymeria, morde o jovem príncipe Joffrey e é afugentada por Arya para ficar em segurança. Assim, para apaziguar Joffrey, Ned mata Lady no lugar de Nymeria. Dessa forma, os únicos que restam são Cão Felpudo, de Rickon, Verão, de Bran, e o lobo-gigante de Jon Snow, Fantasma.

STEVE KULLBACK (PRODUTOR DE EFEITOS VISUAIS): Discutimos no início da segunda temporada como os lobos seriam filmados. Àquela altura, já havíamos tido algumas experiências filmando animais vivos, e não foram agradáveis.

Todo mundo da produção e do estúdio estava ansioso para explorar a possibilidade de lobos de computação gráfica. Porém, quando enfim nos sentamos com [os produtores executivos e roteiristas] David [Benioff] e Dan [Weiss], definimos o que os lobos-gigantes eram: essencialmente, lobos muito grandes. Não precisavam falar qualquer língua, não precisavam lutar judô ou dançar. E a melhor solução deveria atender às duas necessidades mais urgentes: conseguir a criatura mais realista e ameaçadora possível que se parecesse com um lobo e fazer com que o processo fosse o menos oneroso possível para a produção.

Propusemos usar lobos de verdade em um set com tela verde: afastar os animais da produção e dos atores, uma vez que lobos continuam perigosos mesmo depois de adestrados. Na realidade, lobos só podem ser adestrados até certo ponto, e isso cria um desafio por si só, que os roteiristas às vezes têm de contornar.

JOE BAUER: Os lobos devem ser 30% ou 40% maiores do que um lobo comum, então criamos "bonecos de pelúcia" para representar isso. São cães gigantescos no padrão de *Game of Thrones*, que levamos para o set e filmamos como referência e enquadramento, de modo que deixam espaço suficiente para acomodar o tamanho do lobo.

O supervisor geralmente ajuda os atores a criarem a linha dos olhos, usando equipamentos para indicar o foco ou o movimento. Às vezes é uma vara com um pedaço de fita adesiva, às vezes é uma bola de tênis num pedaço de pau. Então, quando enfim filmamos os lobos num cenário com tela verde, diminuímos tudo – como a altura das câmeras etc. – em 30% a partir de qualquer que fosse a posição da câmera durante a filmagem dos atores. Também filmamos numa cadência levemente mais rápida – digamos, trinta quadros por segundo em vez de 24 – só para deixá-los lentos o bastante para acomodar seu tamanho, mas não tanto que se movam em câmera lenta. Depois integramos ou "casamos" a imagem do lobo na cena, emulando a luz do dia original para manter o aspecto visual consistente.

[PÁGINA AO LADO] *Adestradores de animais trabalham com os lobos em frente à tela verde.*
[ACIMA] *Manipuladores de dados de efeitos visuais posicionam o lobo "de pelúcia" para uma tomada.*
[PRÓXIMA DUPLA] *O lobo-gigante computadorizado completamente integrado a uma cena com Jojen Reed.*

— RETORNO À FORTALEZA DE CRASTER —

EPISÓDIO 4: "E AGORA TERMINOU SUA VIGIA"

"E AGORA TERMINOU SUA VIGIA."

— DE UM DISCURSO FÚNEBRE TRADICIONAL DA PATRULHA DA NOITE

Ao tentar retornar para a Muralha, a Patrulha da Noite chega mais uma vez à Fortaleza de Craster. Os homens estão enfraquecidos e indecisos, tentando se reagrupar após o encontro com os mortos-vivos e se preparar para enfrentar o que está em seu encalço. Por vezes é fácil se esquecer do tipo de gente que compõe a Patrulha: criminosos embrutecidos, fugitivos e exilados. Muitos patrulheiros sobreviveram, mas eles estão com raiva, cansados e famintos. Junto à pira funerária de um dos homens, Craster é acusado de deixá-los passar fome.

Na mesma noite, Craster escarnece dos homens cansados e sugere que deviam simplesmente cortar as próprias gargantas e acabar com aquilo. O Senhor Comandante Mormont perde o controle sobre a gentalha rebelde, com consequências desastrosas. Craster é morto por Karl, e Rast apunhala Mormont pelas costas, matando o lendário comandante. Irmão luta contra irmão, e a Patrulha é dividida entre os leais a Mormont e os que se rebelam abertamente.

ALEX GRAVES (DIRETOR): Na minha primeira noite em Belfast, cheguei de Los Angeles e fui direto para o jantar dos diretores. David Benioff me disse logo de cara que era provável que a morte de Mormont fosse metade do motivo de quererem fazer a série. Ali estavam aqueles dois caras que eu queria impressionar e eu estava pensando: "Só agora você me fala isso."

Eu tinha várias ideias de como queria fazer aquilo. Queria que fosse ao entardecer, o que não é um problema quando os dias em geral são nublados. Chegamos lá e era o dia mais ensolarado que já haviam presenciado na Fortaleza de Craster. Escondemos o sol em cada tomada.

Encarei a cena da seguinte forma: alguém vai morrer. Há aproximadamente cinco minutos antes que isso aconteça, e há um ritmo musical no ato, como um bolero. Eu estava começando a me preocupar em criar uma tensão crescente, a sensação de que algo estava errado. Tinha muito a ver com o lugar onde Mormont estava, onde Craster estava, com todos os rapazes entrando. Você quer que o público se pergunte por que estão todos ali. Fiquei obcecado em fazer com que todo mundo notasse onde cada um estava. Eu queria que Grenn e Edd fizessem parte da cena porque eles são grande parte dessa história. Eu queria que houvesse uma sensação de que algo ruim estava para acontecer e que não se limitava à morte de Craster.

KIT HARINGTON: Algo acontece quando um rapaz perde um pai, como Jon perdeu: primeiro Ned, depois Mormont. Eles assumiram esse papel. Quando Jon descobre que Mormont está morto, esse homem que ele amava de verdade, ele percebe que ficou sem figuras paternas. Não haverá outras. Gosto de pensar que Mormont sabia que morreria e estava tentando preparar Jon para assumir o comando.

[PÁGINA AO LADO] *O Senhor Comandante Mormont conduz os exauridos patrulheiros de volta à Muralha.* [ACIMA] *Começa a batalha pelo controle da Fortaleza de Craster.*

GOIVA E SAMWELL TARLY

"NÃO TENHO TEMPO PARA VOCÊ. SÓ TENHO TEMPO PARA ELE, POIS ELE NÃO TEM MUITO TEMPO."

— GOIVA

Goiva é uma jovem selvagem e uma das filhas de Craster. Na verdade, Goiva está grávida de seu pai e aterrorizada com o destino da criança, sobretudo se for um menino. Embora todos os filhos de Craster tenham futuros sombrios pela frente, os meninos são os que correm mais perigo. Assim que nascem, eles são levados para a floresta e abandonados para serem encontrados pelos Caminhantes Brancos.

Na primeira vez que a Patrulha da Noite, sob o comando de Mormont, chega à Fortaleza de Craster a caminho do norte, Goiva apela a Samwell Tarly para que a levem com eles quando partirem, mas Jon Snow não permite. Quando a Patrulha retorna à Fortaleza após sua derrota, Goiva dá à luz um menino. Tudo o que ela quer é passar cada momento possível com o seu bebê, após perder as esperanças de que Sam possa ajudá-la. Contudo, durante o caos da rebelião, quando Craster e Mormont são mortos, Sam aproveita a oportunidade para fugir com Goiva e o seu filho, escapando para a floresta, os três seguidos para o meio das árvores pelos ecos da carnificina.

HANNAH MURRAY (GOIVA): No que diz respeito à fuga, ela é incrivelmente animalesca em sua necessidade de proteger o bebê. O seu instinto de proteger o filho é o que a mantém viva. Não sei se ela conseguiria fugir se não tivesse o bebê.

Para Goiva, cada experiência ou referência remete à Fortaleza de Craster. É tudo o que ela conhece, e não é possível deixar aquele tipo de horror para trás definitivamente. O mundo no qual ela cresceu é traumatizante e estranho demais. Penso em como ela conhece pouco.

Goiva é incrivelmente forte. É muita coragem se arriscar e partir sem saber nada sobre o mundo. Acho que, em parte, é por isso que ela também é tão importante para Sam: nesse mundo, ela é a mais inferior das inferiores, uma selvagem, uma mulher, e ainda assim é corajosa. Eles são muito gentis um com o outro, de uma maneira que nenhum dos dois experimentara antes. Acho que há algo em Sam do tipo "se ela pode ser corajosa, então eu também posso".

JOHN BRADLEY (SAMWELL TARLY): Sam é um personagem muito inteligente e erudito, e ele é tão curioso sobre conhecimento e informações que às vezes pode acabar se enrolando nessas coisas, pensando demais em tudo. Seu melhor momento é

quando ele deixa isso de lado e age por instinto. Quando precisa encontrar soluções depressa, como com o Caminhante Branco, ou como na fuga, é que ele mostra sua força.

Quando Goiva conta a Sam que está grávida, ele sabe o que isso significa: uma morte horrível e violenta ou uma vida inteira de abuso sexual sistemático. É um momento meio *A lista de Schindler* para ele. Em Goiva e no bebê, Sam encontrou quem ele pode salvar, consertar. Ele sabe como é ser machucado pela criação que teve, como é ficar marcado por ela. De certa forma, ao salvar alguém, ao assumir o dever de cuidar de alguém, ele está superando os traumas da própria infância.

Depois que eles escapam, há um momento em que os dois estão debatendo nomes para o bebê, e Goiva diz "Craster". De repente Sam compreende que ele era o único homem que ela de fato já conhecera. Os únicos homens que ela encontrara eram Sam, Jon e Mormont. Nenhum dos outros bebês teria recebido um nome. O pequeno Sam é o único a escapar. Acho que é nesse momento que Sam decide querer provar que nem todos os homens são como Craster.

HANNAH MURRAY: O meu momento favorito foi também uma das primeiras coisas que fiz em *Game of Thrones*; estávamos ensaiando com [o diretor] Alik Sakharov uma das cenas com o dedal, e ele nos disse: "Vocês são dois pássaros com asas quebradas e, pela primeira vez, quando se unem, percebem que talvez tenham a possibilidade de voar." Isso simplesmente me partiu o coração. É sobre duas pessoas machucadas que dão uma à outra a força para serem muito mais.

[PÁGINA AO LADO] ***Em meio ao caos da rebelião, Sam e Goiva escapam para a floresta.***
[ACIMA] ***Goiva aninha o pequeno Sam.***

— O CAMINHANTE BRANCO ATACA —

EPISÓDIO 8: "SEGUNDOS FILHOS"

Enquanto rumam para Castelo Negro, Goiva e Sam se abrigam em uma ruína e acendem uma pequena fogueira. Alertados pelo grito de centenas de corvos, os dois descobrem que um Caminhante Branco os encontrou e chegou para levar o filho de Goiva.

MICHELLE MACLAREN (DIRETORA): Acho que o importante da cena é que o instinto de Sam prevalece e ele age feito um herói. Ele devia estar aterrorizado, mas ama essa mulher que está tentando proteger. John foi incrível – fez um trabalho fantástico. Ele está tão vulnerável naquele momento, e o adoramos justamente por isso.

JOHN BRADLEY: Não vamos nos esquecer de que Sam não sabia que estava apunhalando o Caminhante Branco com uma adaga de vidro de dragão. Ele está agindo por causa da adrenalina e do instinto. Ele está sem a espada. Só pensa: "É afiada, vamos ver o que posso fazer com isso." Ele pode ser um matador, mas tem sorte.

Eu estava parado no set, e eles faziam uma tomada de Ross, que interpreta o Caminhante Branco na terceira e na quarta temporadas, esgueirando-se por entre essas árvores. A iluminação havia sido preparada de modo perfeito pelo [diretor de fotografia] Chris Seager, e não era possível vê-lo o tempo todo. Só tínhamos vislumbres de Ross quando ele passava pela luz, e de repente ele estava mais próximo. Fiquei um pouco assustado, mesmo. Os movimentos físicos dele são muito expressivos. Ele simplesmente tinha um ímpeto implacável.

HANNAH MURRAY: Tudo é tão convincente, com Ross e todas as próteses. Eu lembro que em uma das primeiras tomadas John e eu corríamos pela mata, com a neve soprando, e não sabíamos exatamente onde Ross estava. É sempre difícil interpretar medo durante um período prolongado: como fazer com que ele cresça durante uma cena para conseguir aquela tensão? Isso nunca é racionalizado; é um lugar instintivo que buscamos. Estar nos sets de uma série com uma produção de tão boa qualidade ajuda a criar essa atmosfera.

[ACIMA] *O Caminhante Branco reage à punhalada.* [PÁGINA AO LADO] *O Caminhante Branco destrói a espada da Patrulha da Noite de Sam.* [PRÓXIMA DUPLA] *Samwell derrota o Caminhante Branco com a sua lâmina de obsidiana.*

VIDRO DE DRAGÃO:
UMA BREVE HISTÓRIA

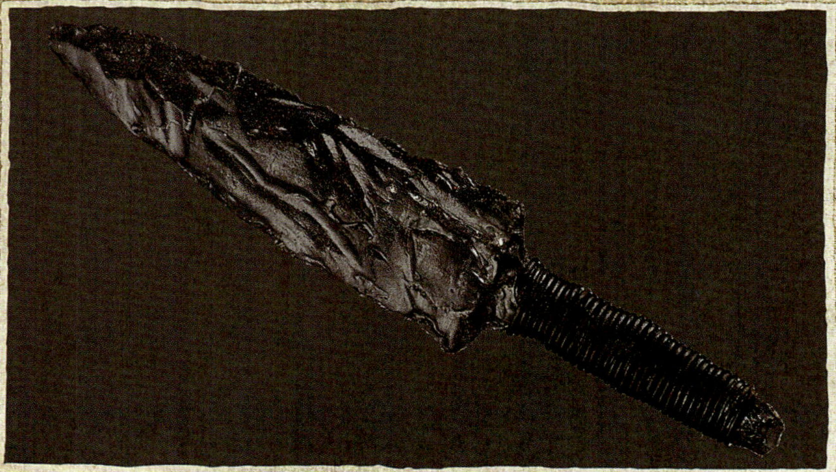

VIDRO DE DRAGÃO É A BELA E ESCURA ROCHA VULCÂNICA conhecida como obsidiana. É raro em Westeros, e sabe-se muito pouco sobre ele. No Punho dos Primeiros Homens, ao norte da Muralha, três patrulheiros – Grenn, Edd Doloroso e Samwell Tarly – descobrem algumas armas enterradas há milhares de anos, mas somente Sam identifica as armas de pedra como sendo de vidro de dragão. Além disso, só ao ser atacado por um Caminhante Branco é que Sam descobre o verdadeiro valor das lâminas de pedra. Em um momento de desespero, Sam crava uma adaga de vidro de dragão na criatura, a lâmina começa a fumegar, e o Caminhante Branco se dissolve.

Quando encontra Bran Stark e seus companheiros de viagem, Sam divide algumas de suas armas de vidro de dragão com ele. Ele sabe que Bran precisará delas ao se aventurar pelo norte em sua própria busca.

TOMMY DUNNE: Quando possível, usamos obsidiana de verdade. Trata-se de uma rocha vulcânica presente na natureza. Não é algo que se encontra em todo lugar, embora haja um bom depósito no México. É bastante bonita, mas letal. O gume dela é absurdamente afiado. Felizmente, eu tinha alguns exemplares de trabalhos anteriores que podiam nos ajudar a encontrar o visual desejado. A lâmina tem um fio delicado; quanto mais se trabalha nela, mais afiada fica, parecendo-se com uma navalha quando está pronta. O acesso à obsidiana é bastante restrito por conta disso.

Depois de selecionarmos o pedaço que queremos, começamos alongando a lâmina. Então afiamos os gumes, aplicamos uma empunhadura e as tiras. Podemos fazer isso nas nossas próprias oficinas. Uma vez que uma lâmina de batalha fica pronta, tendo sido modelada e transformada na lâmina perfeita, podemos criar um molde para lâminas secundárias. Usamos borracha preta de silicone, criando versões mais rígidas ou mais maleáveis, e às vezes *fast-cast* ou gesso, ou até mesmo espuma dura ou macia, dependendo do que a ação exija ou de quem a usará.

Parte Dois

GUERRAS EM WESTEROS

"Com os Tyrell do nosso lado, esmagaremos os nortenhos: enforcaremos os seus senhores; incendiaremos os seus quartéis-generais; semearemos os seus campos com sal. E ninguém mais pensará em se rebelar por um século."

— Joffrey Baratheon

Ao sul da Muralha, as principais famílias de Westeros estão fragmentadas e distraídas demais com as guerras que vêm travando para notar a ameaça dupla do exército selvagem e dos Caminhantes Brancos. Stannis Baratheon, ainda se recuperando de sua derrota na Batalha da Água Negra, continua determinado a assumir o Trono de Ferro, enquanto Robb Stark prossegue com a sua própria e impressionante campanha contra a casa governante de Lannister. Os dois estão tentando sobrepujar Tywin Lannister, um mestre estrategista com um único propósito: consolidar o domínio de sua família sobre o reino e erradicar quaisquer ameaças ao trono. Tywin sabe que o poder para derrotar os seus inimigos se encontra em parte na previdência de se fazer alianças estratégicas poderosas; a Casa Tyrell, com a sua fortuna e o seu poder, se destaca entre tais alianças.

Enquanto isso, Tyrion Lannister, gravemente ferido em batalha e agora despojado de seu título, continua a conduzir a dança política na corte, mas como mestre da moeda e não mais como Mão do Rei. Na estrada, Jaime Lannister continua prisioneiro de Brienne de Tarth. Arya Stark ainda procura a mãe, Catelyn, e Sansa Stark busca um modo de escapar de seu destino desesperador em Porto Real, como um peão de um jogo mortal que é incapaz de influenciar ou controlar.

As guerras em Westeros são uma distração inauspiciosa: enquanto os jogadores fazem seus movimentos, as notícias que chegam da Muralha podem mudar tudo.

A IRMANDADE SEM ESTANDARTES:
UMA BREVE HISTÓRIA

"É EXATAMENTE O QUE SOMOS: FANTASMAS, ESPERANDO POR VOCÊS NO ESCURO. VOCÊS NÃO PODEM NOS VER, MAS NÓS OS VEMOS, QUALQUER QUE SEJA O SEU MANTO: LANNISTER, STARK, BARATHEON... SE VOCÊS SE APROVEITAM DOS FRACOS, A IRMANDADE SEM ESTANDARTES ESTARÁ NO SEU ENCALÇO."

— BERIC DONDARRION

A IRMANDADE SEM ESTANDARTES FOI FORMADA após Ned Stark ordenar que Lorde Beric Dondarrion encontrasse e executasse "a Montanha", Sor Gregor Clegane. Clegane foi visto como um traidor do Rei Robert Baratheon e era procurado por crimes monstruosos que cometera contra o povo das Terras Fluviais. No entanto, a Montanha matou Beric, atravessando-lhe uma lança no peito. Foi então que o sacerdote vermelho, Thoros de Myr, trouxe Beric de volta à vida usando os poderes do Senhor da Luz. Após a sua primeira morte, Beric Dondarrion foi ressuscitado várias vezes, uma delas após ser executado pelos Lannister, que, ao chegarem ao poder, declararam a irmandade como inimiga.

Agora fora da lei, a irmandade luta contra as injustiças que são perpetradas contra a gente comum, principalmente por forças dos Lannister e pela Montanha. A irmandade é composta por homens de todas as camadas sociais, incluindo desertores dos exércitos dos Stark e dos Baratheon, fazendeiros, artesãos, curtidores e pedreiros. Eles lideram pequenos ataques e capturam homens que consideram inimigos e criminosos. Para arrecadar fundos, a irmandade pede resgates por prisioneiros, que também podem ser levados a julgamento pelos seus crimes diante do Senhor da Luz, com Beric Dondarrion atuando como sua espada flamejante.

Tywin Lannister considera a Irmandade sem Estandartes um estorvo, e a Montanha continua a persegui-los, na esperança de destruí-los de uma vez por todas.

[DUPLA ANTERIOR] *O poder por trás do trono: Tywin Lannister aconselha o seu neto, o Rei Joffrey.* [ACIMA] *A irmandade relaxa em sua clareira na floresta.* [PÁGINA AO LADO] *Thoros de Myr interpretado por Paul Kaye.*

THOROS DE MYR

"NÃO EXISTE HISTÓRIA TÃO BOA QUE UMA BEBIDA NÃO POSSA MELHORAR."

— THOROS DE MYR

Thoros de Myr é um sacerdote do Senhor da Luz e membro da Irmandade sem Estandartes. Ele foi enviado a Westeros e à corte em Porto Real a fim de atuar como missionário com Robert Baratheon, na esperança de converter Robert à adoração do Deus Vermelho e afastá-lo da Fé dos Sete.

O próprio Thoros de Myr admitia que não era um bom sacerdote. Escolheu se deitar com prostitutas e se entregar à bebida durante sua estada em Porto Real. Sofrendo uma crise de fé, ele questionou a existência de todos os deuses. Então, após testemunhar o duelo em que Beric Dondarrion foi morto por Gregor Clegane, Thoros descobriu que lhe fora concedido o dom da ressurreição.

Thoros ainda bebe muito e não veste o manto de seu sacerdócio, mas recuperou a fé no Deus Vermelho, o único deus verdadeiro aos seus olhos. Continua fervoroso em sua crença de que todos os homens devem servir ao Senhor da Luz, uma crença que é fortalecida conforme Beric é repetidamente trazido de volta à vida.

ALEX GRAVES: Adoro trabalhar com Paul. Uma das coisas mais importantes que aconteceram comigo na terceira temporada foi eu ter me apaixonado por esses dois caras [Paul Kaye e Richard Dormer]. Eu me apaixonei pela atuação deles. Eles pareciam fantásticos; adorei os seus personagens e o que fizeram com eles. Adorei o fato de que, quando Melisandre chega ao acampamento, ela fica tão horrorizada quanto impressionada com as habilidades de Thoros, e isso é importante. Naquele mundo, no mundo do Casamento Vermelho e de execuções, do caráter final disso tudo, existe Thoros.

BRYAN COGMAN: Thoros foi uma surpresa maravilhosa para mim. Por alguma razão, ele não me agradou tanto quando li os livros pela primeira vez, mas, quando começamos o processo de adaptação e eu estava trabalhando no meu episódio em particular, ele acabou se tornando um dos meus personagens favoritos de escrever. Nós alteramos levemente a versão do livro. No romance, ele abandona os seus dias de farra e bebedeira após recuperar a fé no Senhor da Luz. Mas achamos que seria divertido mostrar os dois lados da sua personalidade batendo de frente um com o outro, de modo que ele ainda está bebendo na série, mesmo depois de ter "nascido de novo". Acho que ele continua a beber e a farrear para aliviar a sua situação. Afinal, trazer alguém de volta à vida repetidas vezes não é fácil.

Paul Kaye foi extraordinário, um dos meus acréscimos preferidos ao elenco da terceira temporada. Fisicamente, ele não é como eu imaginava Thoros: eu sempre o imaginei como um tipo de Frei Tuck corpulento. Mas Paul trouxe essa espécie de qualidade de astro de rock grisalho a Thoros, assim como uma enorme profundidade de sentimentos e foco nas cenas do "Senhor da Luz". Uma das atuações mais fortes da terceira temporada é o seu monólogo a Melisandre, falando sobre a sua fé renovada no Senhor da Luz.

BERIC DONDARRION

"SIM, EU RENASCI NA LUZ DO ÚNICO DEUS VERDADEIRO. ASSIM COMO TODOS NÓS. ASSIM COMO RENASCERIA QUALQUER UM QUE TIVESSE VISTO O QUE VIMOS."

— BERIC DONDARRION

Líder da Irmandade sem Estandartes, Beric Dondarrion foi morto por Sor Gregor Clegane e depois ressuscitado por Thoros de Myr. Após essa experiência, Beric Dondarrion se converteu à fé do Senhor da Luz, tal como os outros membros da irmandade fizeram após testemunhar o seu renascimento. Beric Dondarrion voltou a ser morto e ressuscitado mais quatro vezes. Ele foi apunhalado na barriga, depois acertado por uma flecha nas costas e então teve um machado cravado na lateral do corpo. Quando os Lannister o capturaram, ele foi enforcado por traição, e uma faca também foi enfiada em seu olho.

Mais tarde, diante de Arya e da irmandade, Beric duela com o "Cão de Caça", Sandor Clegane, e é morto mais uma vez. Embora a vitória do Cão de Caça prove a sua inocência em um julgamento por combate, Beric deixa Arya e o Cão de Caça chocados ao voltar à vida. Entretanto, a sexta ressurreição não é uma restauração completa, e Beric teme que pedaços seus estejam sendo deixados para trás a cada renascimento. Ele sente o peso de suas cicatrizes e de seus ferimentos.

ROBERT STERNE (DIRETOR DE ELENCO): Soubemos desde a primeira vez que vimos Richard Dormer que o queríamos na série. Ele tinha a aparência que queríamos. Ele era o que queríamos.

ALEX GRAVES: Eu nunca me preocupei com Beric. Richard fez um dos melhores testes que já vi. Tive a sensação de que estávamos descobrindo Alec Guinness. Ele simplesmente era Beric Dondarrion.

RICHARD DORMER (BERIC DONDARRION): Na verdade, eu havia feito vários testes para a série, para os papéis de Jaime Lannister, Jorah e alguns outros, mas nada parecia se encaixar. Quando o meu agente me passou as falas de Beric, isso mudou. Há um leve elemento autodestrutivo em Beric, o fato de que ele perde mais de si mesmo a cada vez que morre, mas ainda assim continua a fazer o que acredita ser certo, de modo incansável, sem cessar. Há algo muito sombrio e complicado em Beric, mas também algo gentil e nobre, e adorei o fato de ele ser ambas as coisas.

O Senhor da Luz:
Uma breve história

"A noite é escura e cheia de terrores."

— Prece

Os seguidores de R'hllor, como o Senhor da Luz é conhecido, sempre foram poucos em Westeros, uma vez que essa religião é encontrada de forma predominante no leste de Essos e nas Cidades Livres.

O Senhor da Luz tem muitos nomes: o Deus Vermelho, o Deus da Chama e da Sombra e o Coração de Fogo. No entanto, o nome do inimigo de R'hllor jamais é mencionado. Os seus seguidores falam apenas do "Grande Outro", o deus da escuridão, do frio e da morte, com quem o seu deus trava uma guerra interminável.

Os fiéis acreditam que, um dia, um estranho conhecido como "o escolhido" retornará com a sua grande espada, Luminífera, e colocará suas forças a serviço da causa do Deus Vermelho.

No templo principal de Lys, que é considerado o maior de todos os templos, a sacerdotisa vermelha e suas sacerdotisas, vestidas com mantos escarlate, oram para que o Senhor da Luz traga a aurora. Dizem que as que têm um grande poder são capazes de ver o futuro em meio às chamas, e há rumores de que algumas podem ressuscitar os mortos.

[página ao lado] *Beric Dondarrion interpretado por Richard Dormer.* [acima] *Melisandre mostra o poder do Senhor da Luz aos seus seguidores.*

SANDOR CLEGANE "CÃO DE CAÇA"

"Mate-me, e você estará livre. Mas, se eu sobreviver, vou quebrar suas duas mãos. Vamos. Acerte-me. Acerte-me com força. Você só terá uma chance."

— Cão de Caça

Sandor Clegane é conhecido como o Cão de Caça e serviu como guarda-costas de Joffrey Baratheon até desertar durante a Batalha da Água Negra, quando se viu cercado por fogo. Ele é conhecido pelo seu grande tamanho e pelo elmo com o formato de cabeça de cão que usa em batalha. Ele é o irmão mais novo do cavaleiro conhecido como "Montanha", Gregor Cleagane, um dos guerreiros mais brutais, cruéis e selvagens de Westeros. O Cão de Caça tem o lado direito do rosto desfigurado, um lembrete deixado pelo irmão para que não usasse brinquedos que não fossem seus. Quando eram apenas crianças, Gregor segurou a cabeça de Sandor sobre carvões em brasa, e é provável que Sandor tivesse morrido se outras pessoas não interviessem. Em consequência disso, o Cão de Caça é profundamente pirofóbico.

Ele não se vê como um cavaleiro e se recusa a fazer o juramento que o tornaria um, pois acredita que a honra costuma ser um escudo para a hipocrisia. O Cão de Caça mata sem consciência e não é leal a ninguém, mas demonstrou brandura ao lidar com Sansa Stark e até mesmo se ofereceu para levá-la de volta a Winterfell durante a confusão da Água Negra.

Ele é capturado pela Irmandade sem Estandartes e acusado de assassinato. Quando Beric Dondarrion lhe oferece um julgamento por combate, ele precisa enfrentar o seu maior medo para lutar por sua liberdade.

[PÁGINA AO LADO] *Arya Stark e o seu companheiro improvável, o Cão de Caça, após Arya se vingar de um soldado dos Frey.* [ACIMA] *Beric e o Cão de Caça lutam até a morte em um julgamento por combate.*

— CONSTRUINDO A CAVERNA DE FOGO —

No início da terceira temporada, a produção discutiu o duelo entre o Cão de Caça e Beric Dondarrion (no quinto episódio), que ocorre dentro de uma caverna. Havia poucas chances de se encontrar uma caverna viável que fosse grande e segura o suficiente para a filmagem de tal luta. Seria preciso criá-la, e o desafio era construir uma caverna verossímil em um estúdio. A designer de produção Gemma Jackson não tinha dúvidas de que isso era possível. É o tipo de desafio que ela mais adora. Como inspiração, ela explorou as cavernas de Marble Arch, na Irlanda do Norte, que já haviam fornecido o cenário para a entrada da caverna.

A construção do cenário foi um feito espetacular de engenharia. Para garantir o realismo, foram criados moldes das próprias paredes da caverna de Marble Arch. Primeiro, quatro camadas de silicone foram pinceladas sobre áreas de aproximadamente quatro metros quadrados. O silicone então foi coberto com gesso e retirado, deixando para trás uma parede imaculada, intacta e sem resíduos, ao mesmo tempo em que era criada uma cópia perfeita de cada textura, fissura e fenda da superfície rochosa. Esses vários padrões e formas rochosas forneceram bastante material para a equipe de produção brincar.

Baseado no desenho do departamento de arte, foi criado um molde de argila, que então foi preenchido com gesso. Esse molde foi marcado com uma grade que delineava até cem seções, que eram aumentadas em "estações" para a caverna em tamanho real. Gesso de modelagem com uma consistência cremosa foi despejado dentro dos moldes e endurecido com o acréscimo de um tecido de juta, e então foi inserido na mistura antes da madeira para manter firmes as peças pesadas. Os moldes rochosos foram virados e manipulados para evitar que houvesse repetição de padrões nas paredes da caverna. Em seguida, foram colados e pintados com não menos do que oito efeitos de pintura diferentes para reproduzir a aparência das rochas de Marble Arch. Os pintores do set criaram o líquen e até mesmo a condensação que escorria pelas paredes.

RORY MCCANN (SANDOR CLEGANE/CÃO DE CAÇA): A quantidade de vezes que acabei arrumando problema por chutar uma rocha ou uma pedra porque pareciam reais é um elogio ao departamento de arte. A caverna parece autêntica por dentro, com o limo e o líquen nas paredes. Não é difícil acreditar que você está de fato em uma caverna, cercado pelas fogueiras e pela irmandade, encarando velhos inimigos.

— A LUTA —
EPISÓDIO 5: "BEIJADO PELO FOGO"

A cada sequência de luta, a preparação é essencial. Quando há fogo envolvido, o ensaio é duplamente importante. O coordenador de dublês Paul Herbert e a sua equipe estavam acostumados a trabalhar com fogo, mas a segurança era fundamental. "Pode pegá-lo de surpresa se você não estiver prestando atenção", disse ele. "Mas o fogo tende a fazer as pessoas pararem e se concentrarem." O duelo entre o Cão de Caça e Beric Dondarrion envolvia brandir espadas flamejantes um contra o outro com alguma força, o que exigia uma confiança total entre os atores.

RORY MCCANN: Nunca treinei tanto para uma cena quanto para essa luta. Uma luta de espadas com uma espada flamejante não era algo que haviam tentado antes, e estaríamos por conta própria. Levou três semanas, trabalhando todos os dias, para chegarmos aonde queríamos. A luta teve de ser filmada em partes, pois a lâmina só ficava acesa por cerca de dois minutos. O peso normal da minha roupa faz com que um dia longo seja exaustivo, mas no calor da caverna era ainda mais difícil respirar. Assim que a tomada terminava, eu precisava sair para me esfriar e tomar ar. Richard [Dormer] e eu ensaiamos, mas tudo mudou quando o fogo foi aceso. A espada parece aumentar um metro de tamanho quando as chamas surgem, e foi incrível lutar com ela. Com o som e o aço rodopiantes com um rastro de fogo, a dinâmica da batalha mudou completamente. Richard disse que foi como enfrentar um King Kong enlouquecido – um grande elogio.

BRYAN COGMAN: Eu simplesmente presumi que as chamas seriam acrescentadas depois com efeitos visuais. Nunca sonhei que os dois atores lutariam com fogo de verdade! As nossas equipes de efeitos especiais e de dublês se superaram com essa cena. E tínhamos os dois atores lutando com tudo em armaduras pesadas, com espadas flamejantes de verdade, Rory com maquiagem em metade do rosto, Richard usando apenas um olho (o outro coberto por um tapa-olho), e eles pareciam um furacão! Foi emocionante assistir. Com certeza uma das minhas sequências favoritas da série.

[PÁGINA AO LADO] *A equipe de filmagem e o elenco dividem o pequeno espaço e a alta temperatura da caverna.* [ACIMA] *Thoros usa o poder do Senhor da Luz para curar Beric.*

— O MOMENTO MAIS SOMBRIO —

EPISÓDIO 3: "A CAMINHADA DA PUNIÇÃO"

"VOCÊ NÃO É NADA SEM O SEU PAPAI. E O SEU PAPAI NÃO ESTÁ AQUI."

— LOCKE

Brienne de Tarth foi instruída por Catelyn Stark a escoltar o prisioneiro Jaime Lannister até Porto Real, onde se espera que ele seja trocado pelas filhas de Catelyn. Porém, a viagem acaba abruptamente quando os dois são capturados por Locke e seus homens. Aparentemente vassalos de Bolton, eles pretendem levar Jaime a Roose Bolton e ao Rei do Norte. Mas, primeiro, os homens decidem empurrar Brienne para a mata e estuprá-la. Para salvar Brienne, e a si mesmo, Jaime consegue distrair Locke e os outros com uma mentira sobre a Ilha Safira, que ele afirma ter esse nome por causa de suas pedras preciosas. Como de costume, Jaime espera que seu charme e sua posição social prevaleçam, o que torna o que acontece em seguida duplamente chocante.

BENIOFF E WEISS: Sabíamos que esse seria um momento que realmente pegaria as pessoas de surpresa e, o que é mais importante, um momento que é o início de uma das mudanças mais extremas que já vimos num personagem (após ler os livros). É nesse momento que a perda de um pedaço de si mesmo coloca Jaime Lannister no caminho improvável da solidariedade. Esse é só um modo de dizer que sabíamos que era melhor fazermos a cena direito. Por sorte, a combinação do nosso diretor de fotografia Matt Jensen, do nosso diretor assistente Mark Taylor e da nossa incrível equipe de dublês nos ajudou a torná-la tudo o que esperávamos e mais.

Todo mundo deu o melhor de si naquelas duas noites. Noah teve um desafio incomum: ele é um sujeito muito inteligente interpretando um sujeito muito inteligente que finge ser um sujeito idiota e maleável até o último minuto. Ele fez isso com perfeição: ao assistir à cena de novo, é possível sentir o ressentimento pelo ar de superioridade de Jaime fervendo dentro dele desde o início do encontro dos dois, de uma maneira que passa despercebida à primeira vista. E Gwen é realmente a catalisadora da cena – é o risco que ela corre que faz Jaime se arriscar e então passar dos limites. O último olhar dela para ele... nós adoramos aquele olhar. Ela sabe que há algo de errado naquela situação, e ele está cego demais por sua própria autoconfiança para perceber isso, até que é tarde demais.

E, acima de tudo, Nikolaj. Interpretar o desconhecimento, a falta de compreensão da situação por ser esperto demais para o seu próprio bem... fazer tudo isso tão bem daquela forma já é impressionante por si só. Fazer isso tão bem daquela forma quando se está com uma gripe quase forte o bastante para interromper a série e mandá-lo para o hospital é algo de um nível completamente diferente. Ele foi gracioso e perfeito sob circunstâncias terríveis. Jaime ficaria orgulhoso.

NIKOLAJ COSTER-WALDAU (JAIME LANNISTER): Alguns atores não gostam de saber o que vai acontecer. Para mim, ajudou a saber o que buscar. Quando fui aceito para o papel de Jaime, [David Benioff e Dan Weiss] me contaram a história até a terceira temporada. Foi ótimo saber que chegaria esse momento importante que o faria repensar tudo sobre si mesmo. Isso fez com que eu pudesse extrapolar nas temporadas anteriores.

Estávamos filmando durante dois dias e, por mais estranho que pareça, eu tive sorte porque fiquei muito doente no segundo dia. A última coisa que filmamos era Jaime sendo empurrado para o cepo, e eu estava realmente passando mal e com ânsia de vômito o tempo todo. Quase não houve atuação. Estavam me segurando e, além disso, Noah é um cara bem assustador. Em geral, quando se faz uma luta num filme, é preciso errar por uns 25 centímetros, mas eles haviam criado essa lâmina curva especial que contornava o meu braço. Noah simplesmente golpeou com tudo.

Perder a mão foi um momento fundamental para Jaime. Ele não imaginava que Locke de fato faria aquilo. Adorei trabalhar com Noah. Para mim, ele foi magnífico. Acho que Locke tem algo que eu tenho, que é um problema com esse ar de superioridade, com pessoas que vêm de famílias privilegiadas. Jaime se recusa até mesmo a reconhecer que Locke tem a vantagem, e Locke faz algo impulsivo. É um grande "foda-se" mesmo – ele não se importa com o pai de Jaime. Jaime acabou se metendo em algo que não compreende de fato.

Para mim, enquanto ator, e para Jaime enquanto pessoa, acho que foi a melhor coisa que poderia ter acontecido. Acho que isso o força a avaliar as suas ideias preconcebidas e remodelar quem ele é.

GWENDOLINE CHRISTIE (BRIENNE DE TARTH): Acho que Brienne se sente responsável pelo que acontece com Jaime. É como se ele tivesse usado a sua única carta na manga para salvá-la, e ela sabe disso. Acho que ela nunca foi salva por ninguém. É nesse momento que ela para de protegê-lo por obrigação e começa a protegê-lo por afeição.

[PÁGINA AO LADO] *David Benioff dá alguns conselhos a Nikolaj Coster-Waldau antes do corte.* [ACIMA] *Locke tira a maior arma de Jaime.*

JAIME E BRIENNE

JAIME LANNISTER: "MINHA MÃO DA ESPADA. EU ERA AQUELA MÃO."

BRIENNE DE TARTH: "VOCÊ SENTE UM GOSTINHO, UM GOSTINHO DO MUNDO REAL, ONDE COISAS IMPORTANTES SÃO TIRADAS DAS PESSOAS, E VOCÊ SE LAMENTA, CHORA E DESISTE. VOCÊ SOA COMO UMA MALDITA MULHER."

Não há dúvida de que um dos relacionamentos mais importantes da terceira temporada seja entre Jaime e Brienne. No início, eles são inimigos, mas, quando um respeito relutante começa a surgir, eles se veem questionando tudo o que pensavam um do outro. Em uma das cenas mais reveladoras da série (no quinto episódio), Jaime conta a Brienne a verdadeira história de como ele ganhou a sua reputação desonrosa de "Regicida".

Em Harrenhal, depois que o meistre em desgraça Qyburn trata uma infecção mortal no seu punho decepado, Jaime entra na casa de banhos. Já dentro d'água, a princípio Brienne fica horrorizada por Jaime estar determinado a compartilhar com ela uma das banheiras. Além disso, ao ver o olhar de desprezo no rosto de Brienne, Jaime decide compartilhar algo ainda mais pessoal: a origem do seu apelido.

Na adolescência, quando Jaime estava a serviço de Aerys Targaryen, o reino se encontrava em conflito. O "Rei Louco", como de costume, estava queimando aqueles que o desagradavam, pois era obcecado por fogovivo. Quando Aerys percebeu que estava perdendo a guerra contra Robert Baratheon e uma força liderada por Tywin Lannister estava saqueando a cidade, Aerys ordenou que Jaime matasse o próprio pai e que o piromante incendiasse a cidade com o fogovivo que mandara esconder debaixo de Porto Real. Para salvar a cidade, Jaime matou o piromante e o Rei Louco, cortando a garganta de Aerys depois de apunhalá-lo nas costas. Naquele momento, Eddard Stark entrou de repente na sala do trono e chegou à pior conclusão possível: que o rei havia sido traído por um daqueles que juraram protegê-lo.

GWENDOLINE CHRISTIE: Brienne é uma personagem incrível, que desenvolveu essa força física para superar a negatividade de um ambiente dominado por homens, concentrando-se no seu próprio poder – e, além disso, para o bem de todos.

Jaime é o epítome do que ela despreza, e ele a tortura e atormenta. Ela tem um imenso desprezo por ele e nenhum respeito. Ele é o Regicida, basicamente a coisa menos honrada que alguém pode ser, e não aparenta sentir qualquer remorso. Ainda assim, ele acaba salvando a vida dela duas vezes.

ALEX GRAVES: Eles não têm nada em comum, fora o fato de serem quem são. Eles são cavaleiros e entendem algo sobre isso. Jaime protegeu de forma implacável as pessoas com quem se importa. Brienne é uma guerreira honrada, e ele gostaria de ser honrado, mas não pode por causa dessa coisa traumática que aconteceu no passado.

NIKOLAJ COSTER-WALDAU: No início, Jaime não tem nenhum respeito por Brienne. Ele acredita que a acabará matando. No entanto, durante a viagem ela o lembra de coisas que ele perdeu. Na verdade, ele se lembra de quem era com dezesseis anos. O que ele fez [quando matou o rei] foi incrível, primeiro por ele ter sido colocado numa situação daquelas, e então ainda assim tomar a decisão correta, ainda que tenha sido a mais brutal. E mais tarde ser castigado daquela forma... bem, é um momento heroico de

verdade. Quando ele contou a história verdadeira a Brienne, do possível genocídio, é provável que aquela tenha sido a primeira vez que ele falou sobre isso.

Esta é a diferença com Brienne: ela mereceu essa confiança. Ele nunca encontrou alguém que não tentasse melhorar as suas próprias circunstâncias. Eles mantiveram um ao outro vivos. Há um respeito e uma compreensão bastante enraizados. Os dois são ótimos soldados. A honra é algo muito importante quando se tem esse ponto de vista.

Não acho que Jaime já tenha demonstrado fraqueza, mas ela a vê. Quando Brienne o repreendeu junto à fogueira, ela fez isso porque se importa. Ela é muito honesta e fervorosa. Ele está conectado a seus próprios princípios de tal maneira que não consegue mudar mesmo depois de voltar para Porto Real. Ele sabe o que é certo e o que é errado.

BRYAN COGMAN: Foi uma dádiva incrível poder adaptar aquela cena, um momento tão imensamente importante para Jaime e para a série, pois ela começa o arco de redenção de um dos "vilões" centrais da história. Quando a primeira temporada começa, você sabe que está assistindo a uma história sobre os Stark, bons, contra os Lannister, maus. Mas a trama se torna muito mais complexa do que isso – de várias maneiras, quando chegamos à quarta temporada, os irmãos Lannister se tornaram os protagonistas da série! (É claro, boa parte disso tem a ver com o fato de que vários Stark estão mortos...) Essa cena apresenta Jaime e Brienne em seus momentos mais vulneráveis, e acho que, depois de ter carregado aquele fardo durante tanto tempo, Jaime simplesmente não consegue mais guardar aquilo para si. A pureza e a compaixão que sente por Brienne fazem com que coloque a sua confissão para fora. Ele, Gwen e o diretor Alex Graves trabalharam na cena durante algumas horas, repassando cada fala e sequência. Filmamos a cena de madrugada – foi bastante intenso e exaustivo para todos os envolvidos. Há a nudez, é claro, mas também a extrema disponibilidade emocional exigida dos atores e as dificuldades técnicas de se filmar naquela banheira por horas e horas. A exaustão e a vulnerabilidade crua que vemos na tela são bastante reais. Nikolaj e Gwen realmente deram tudo de si.

GWENDOLINE CHRISTIE: Não acho que ele já tenha ficado próximo de alguém que não quisesse algo dele. Acho que, quando humanos são confrontados por alguém assim, é impossível não se apaixonar.

Ela é uma personagem altruísta e, de um jeito estranho, isso se encaixa com Jaime. Há esse momento na cena da banheira em que Brienne percebe que ele fez aquilo – ele se sacrificou pelo bem de milhares de pessoas.

Falando de forma objetiva, não acho que alguém saiba o momento em que se apaixona. Não tenho certeza se Jaime ou Brienne se conhecem bem o suficiente para isso. Ela não entende por que ele a salva de Locke. Depois da confissão dele, eu ainda não tenho certeza se Brienne confia nele, mas ela o compreende.

[PÁGINA AO LADO] *Inimigos lutando do mesmo lado.* [ACIMA] *Prisioneiros de Locke, agora iguais.*

— O CASAMENTO DE TYRION E SANSA —

EPISÓDIO 8: "SEGUNDOS FILHOS"

"NÃO NOS CONHECEMOS, E NUNCA NOS CONHECEREMOS, E NÃO ADIANTA FINGIR QUE NÃO É ASSIM. MAS EU LHE PROMETO UMA COISA, MINHA SENHORA. NUNCA VOU MACHUCÁ-LA."

— TYRION LANNISTER A SANSA STARK

Em Porto Real, o Rei Joffrey trocou Sansa Stark por Margaery Tyrell, que vem de uma casa rica e poderosa com a qual os Lannister querem se aliar. Embora na prática seja uma prisioneira, Sansa tem esperança, por um breve momento, de que ainda consiga escapar de Porto Real quando surge a possibilidade de se casar com o atraente Loras Tyrell. Isso é arranjado pela Senhora Olenna Tyrell, avó de Loras e Margaery. A Senhora Olenna é uma estrategista fenomenal e pretende assegurar o futuro de sua casa com outra forte aliança. Esse plano desagrada Tywin Lannister, que prefere que Sansa, a possível herdeira de Winterfell, permaneça ligada aos Lannister. Tywin planeja rapidamente dois novos casamentos: Loras se casará com Cersei, apesar da suposta homossexualidade do jovem, e Tyrion é forçado a tomar Sansa como sua relutante esposa.

MICHELLE MACLAREN: Esses atores conhecem bem os seus personagens. Gosto de ver o que eles prepararam e o que querem fazer. Nessa cena [do casamento de Tyrion e Sansa], falei com Peter sobre a humilhação do momento, do que Joffrey estava fazendo com Tyrion. Com Sophie, o mais importante era o que significava para Sansa quando o septão disse que aquilo é para a vida toda. Não fazia muito tempo que Sansa pensava que se casaria com Joffrey e se tornaria rainha. Então ela descobre a verdade e pensa que sua fuga pode ser com Loras – ela não compreende os verdadeiros desejos dele, mas o aprecia –, e então isso acontece. O casamento de Sansa devia ser o melhor dia de sua vida, mas de várias formas é o pior. No entanto, ironicamente, quem a tratou com mais gentileza foi Tyrion. No fim, ela realmente cresce naquele momento.

Então temos todas essas grandes sequências: um olhar entre Olenna e Tywin, quando sabemos que eles tramaram aquilo. Cersei Lannister nem olha para Sansa. Ela não dá a mínima: está entediada com a coisa toda e só comparece por causa do pai.

Em *A noviça rebelde*, há um momento em que a câmera se aproxima e passa por cima de Christopher Plummer e Julie Andrews enquanto eles se encaminham para o altar. Quando eu era pequena, queria um casamento como aquele, pois esse é o conto de fadas. Esse é o sonho. Quando recebi o roteiro em Los Angeles, eu sabia que queria essa tomada, filmar como se fosse a fantasia, quando na verdade é o pesadelo. Foi muito importante para mim que fosse como um casamento romântico dos sonhos, e para Sansa deveria ter sido – todos os elementos estão lá, e ainda assim está tudo errado.

PETER DINKLAGE (TYRION LANNISTER): Não sei com que afinco Tyrion acaba se opondo ao casamento. Acho que ele reconhece que aquilo o coloca em uma posição melhor para cuidar de Sansa, e não há como negar que o casamento ajuda a sua posição na corte. Também é verdade que ela tem muitos atrativos, aos quais ele não é imune, mas a honra é incrivelmente importante para ele naquela situação. Tyrion é um homem de desejos nítidos, mas ele também está apaixonado por Shae. É uma situação incrivelmente complexa.

SOPHIE TURNER (SANSA STARK): É ótimo que haja a relação entre Tyrion e Sansa, em que (do ponto de vista dela) existe uma espécie de amor, embora seja algo baseado em confiança e respeito, e não um aspecto sexual. Ele a está protegendo de Joffrey, mas também reconhece uma força nela que pode ter passado despercebida por outras pessoas.

[PÁGINA AO LADO] ***O casal infeliz.*** [ACIMA] ***Tyrion colocando o manto em Sansa durante a cerimônia de casamento no Grande Septo de Baelor.***

— VESTINDO SANSA —

CRAWFORD MCKENZIE (PREPARADORA DE FIGURINO): Tentamos reutilizar o que fosse possível, então a capa foi feita com as mangas e a saia de um vestido que pertenceu a Cersei em uma temporada anterior. Havia o suficiente para juntá-las e formar o drapejado.

O vestido de Sansa foi bastante trabalhoso e inspirado no estilo de Cersei. A costureira Nicki Varney levou quase duas semanas para fazê-lo à mão com sedas italianas importadas, já que o corte tinha de ser perfeito, e o traje foi feito primeiro em musselina. Os armeiros fizeram à mão as placas de metal na cintura do vestido, que tinham sido cortadas e modeladas com papelão antes.

Então [a figurinista] Michele Clapton desenhou o bordado nas faixas transversais, que depois foram feitas à mão pela nossa especialista em bordados, Michele Carragher.

MICHELE CARRAGHER (BORDADORA): As faixas foram criadas com um ponto de cetim de estilo mais livre, mas costumo usar várias cores e fios metálicos para criar um efeito mais 3-D. Costumo começar costurando ou pintando o molde em um pedaço de crepe. Depois acrescento contas, debruns ou pequenos aros de metal, porque, na tela, pode parecer bem pesado, e ainda assim os detalhes podem não ficar evidentes.

Para as faixas, Michele [Clapton] se inspirou na sequência de abertura da série, onde a história de Sansa é contada nas imagens. Começa com lobos e peixes, depois os lobos se engalfinham com leões que sobem até o seu pescoço, onde há uma cabeça de leão estampada na parte de trás da gola.

[PÁGINA AO LADO] *A armadura nupcial de Sansa na íntegra.* [ACIMA] *Os detalhes da cabeça de leão e do lobo-gigante na gola do vestido.* [PRÓXIMA DUPLA] *Sansa Stark contempla o seu futuro em Porto Real.*

— CONSTRUINDO O SEPTO DE BAELOR —

"EU ADORARIA VER OS TÚMULOS DELES. É COMO PASSEAR PELA HISTÓRIA."

— MARGAERY TYRELL

O Grande Septo de Baelor, que recebeu o nome em homenagem ao Septão Rei Baelor, o Abençoado, o nono rei da Casa Targaryen, situa-se no alto da Colina de Visenya, em Porto Real. Como centro da Fé dos Sete, ele abriga os túmulos dos reis de Westeros. Todos os principais eventos religiosos que ocorrem nas casas reais de Westeros, como casamentos e funerais, são realizados nesse espaço majestoso. O interior do Septo de Baelor foi projetado pela designer de produção Gemma Jackson e construído para a terceira temporada em um dos imensos estúdios do Paint Hall em Belfast, perto de um dos outros sets principais da temporada, a Muralha.

O espaço utilizável do Cell 4 do Paint Hall tem pouco mais de trinta metros de largura, e o set do Grande Septo ocupou quase metade dele. É uma estrutura imensa, com pisos de mármore com uma estrela de sete pontas incrustada, pilares altíssimos e estátuas artesanais que representam os Sete Deuses da Fé. Das catorze seções do Septo, seis foram construídas para a filmagem; as paredes restantes e o teto foram criados e ampliados pela equipe de efeitos especiais junto com o departamento de arte.

GEMMA JACKSON (DESIGNER DE PRODUÇÃO): O Septo de Baelor provavelmente representou o maior desafio que tive em *Game of Thrones*. Por fim, encontrei a minha inspiração nos restos mortais e ossos que dizem existir debaixo do Septo. Pensei nas paredes funerárias que vi nos cemitérios na Itália e na França, pequenos armários embutidos na pedra onde ficam as urnas de cinzas. Planejei a base dos pilares para ter portinholas e ferrolhos, para guardar em seu interior os restos mortais de todos os que vieram antes.

Tínhamos grandes expectativas e um espaço bastante limitado, mas era extremamente importante que mantivéssemos o tema dos Sete como representantes da Fé. Incorporei a estrela de sete pontas e os sete pilares, mas com isso criei uma espécie de complicação para mim mesma: não há nenhuma linha de visão direta de uma porta à outra porque a construção não foi planificada de forma homogênea.

Meu projeto inicial tinha muito mais cor, mas acabou não caindo muito bem. Ajustei o set para uma paleta mais monocromática, que acabou sendo um excelente pano de fundo para as cores vivas das roupas de Porto Real. Isso também significou que cada seção era levemente mais anônima, o que permitiu que cada área fosse usada de diversos ângulos e redecorada onde fosse necessário.

STEVE KULLBACK: Quando olhamos para o desdobramento de cada episódio, precisamos perguntar: o escopo do que a tomada deve ser é algo que poderia ser reproduzido com uma construção? Examinando o Septo de Baelor, fica claro que ele precisa ser a construção mais extravagante, a mais magnífica, a maior, a mais rica, a mais opulenta... Simplesmente não é possível construir a Catedral de São Patrício em um estúdio e filmá-la. Assim, houve uma colaboração natural entre o departamento de arte e o de efeitos visuais para determinar o que seria construído e o que ficaria a cargo dos efeitos visuais.

[ACIMA] *Modelo original em escala do desenho do set do Septo de Baelor, criado pelo departamento de arte.* [PÁGINA AO LADO] *Exterior de efeitos visuais do Septo de Baelor, um set composto apenas pelo interior.*

A FÉ DOS SETE:
UMA BREVE HISTÓRIA

Dizem que, há cerca de seis mil anos, os Sete apareceram para os ândalos de Essos, que viviam nas colinas orientais de Ândalos. Os Sete os encorajaram a sair em busca de grandes conquistas, e assim os ândalos invadiram Westeros, levando os seus novos deuses com as suas guerras.

A Fé dos Sete na verdade venera um único deus que tem sete aspectos. Cada aspecto governa uma parte diferente da vida. Para simplificar o conceito dos aspectos, líderes ordenados costumam se referir a eles como deuses independentes. A posição ou função mais elevada é a do Alto Septão, um homem que, uma vez que assume o poder, abandona o seu nome comum. Os membros das ordens inferiores do ministério são conhecidos como septões, e suas contrapartes femininas, como septãs. Os sete aspectos ou deuses são os seguintes:

—O PAI—
QUE REPRESENTA A JUSTIÇA E PRESIDE SOBRE AS ALMAS DOS MORTOS

—A MÃE—
QUE REPRESENTA A PAZ, A MISERICÓRDIA, A FERTILIDADE E O PARTO

—O GUERREIRO—
QUE REPRESENTA A CORAGEM E O DOMÍNIO EM BATALHA

—A VELHA—
QUE REPRESENTA A SABEDORIA E CONHECE AS SINAS

—O FERREIRO—
QUE REPRESENTA O CRIADOR E PRESIDE SOBRE ARTESÃOS E FAZENDEIROS

—A DONZELA—
QUE REPRESENTA A INOCÊNCIA, O AMOR E A BELEZA

—O ESTRANHO—
QUE REPRESENTA O DESCONHECIDO E A MORTE

Os princípios da Fé condenam o incesto e o regicídio como dois dos piores atos de imoralidade. As leis de hospitalidade são vistas como o dever de todos os verdadeiros seguidores. Devido ao domínio da religião, esses princípios acabaram entremeados nas leis dos reinos.

Os sete aspectos de deus são representados por muitos símbolos relacionados ao número sete, em particular a estrela de sete pontas, que adorna edifícios religiosos e muitos lares em Westeros. O livro das escrituras da religião também é conhecido como *A Estrela de Sete Pontas*. Todos os casamentos são realizados dentro de uma estrela e aos pés e entre as estátuas da Mãe e do Pai.

A Fé dos Sete é a religião mais praticada nos Sete Reinos. A sede da Fé é o Grande Septo de Baelor em Porto Real. Embora outras fés e crenças sejam praticadas, o sucesso da invasão dos ândalos foi tamanho que até hoje a maioria das pessoas ao sul do Gargalo acredita nos Sete.

[Página ao lado] *As estátuas dos aspectos dos Sete cercam a estrela de sete pontas no Septo de Baelor.*

Parte Três

A Mãe de Dragões

"Os dothrakis seguem acima de tudo a força, Khaleesi. *Você terá um* khalasar *verdadeiro quando provar que é forte, não antes disso."*

— Jorah Mormont

Do outro lado do Mar Estreito, Daenerys Targaryen reúne um exército para reaver o Trono de Ferro dos Lannister e de todos os reis impostores de Westeros. Após escapar do aprisionamento e de coisas piores na cidade de Qarth, Daenerys navega da Baía dos Escravos até Astapor, onde planeja adquirir um exército irrefreável dos Imaculados. Embora Dany ache a ideia da escravidão repugnante, é difícil resistir a essa legião de escravos, pois eles são treinados de forma brutal desde a infância para serem os melhores soldados.

Astapor é governada por uma guilda de comerciantes de escravos conhecidos como os Bons Mestres, cujo símbolo da harpia dourada pode ser visto por toda a cidade. Ao lidar com o senhor de escravos Kraznys mo Nakloz e sua escrava Missandei, Daenerys descobre como os Imaculados ganharam a sua reputação de impiedosos e compreende quais podem ser os seus próprios limites.

OS IMACULADOS:
UMA BREVE HISTÓRIA

"ELES FICARÃO DE PÉ ATÉ CAÍREM, TAMANHA É A OBEDIÊNCIA DELES."

— MISSANDEI

TIRADOS DE SUAS MÃES AOS CINCO ANOS DE IDADE, OS IMACULADOS são treinados todos os dias enquanto o sol está no céu. Eles precisam dominar o manejo de uma espada curta, de um escudo e de três lanças. Três entre quatro meninos morrem durante o treinamento, deixando os sobreviventes com uma lealdade inquestionável e sem medo do que possa lhes acontecer. Tornados eunucos, eles são moldados para não possuírem desejos próprios. Dizem que não têm vida além de seus deveres; suas vidas devem ser usadas para realizar os desejos de seus senhores. De fato, eles não são mais homens. Para receber o seu escudo, cada Imaculado precisa ir até o mercado e matar um recém-nascido.

Quando Daenerys desembarca em Astapor para comprar um exército inteiro de oito mil guerreiros, eles ainda não foram testados em batalha, nem mataram as crianças exigidas. Ela é aconselhada a usá-los logo... o que ela faz, para desespero de seus antigos senhores.

[DUPLA ANTERIOR] *Daenerys olha para o porto enquanto o seu navio entra na Baía dos Escravos.* [ACIMA] *As fileiras de Imaculados desaparecem no vale.* [PÁGINA AO LADO] *O exército de Imaculados segue a sua nova rainha para fora da cidade.*

— VESTINDO DANY —

MICHELE CLAPTON: A história de Dany foi basicamente a inspiração para as suas roupas e para a evolução do seu figurino. A paleta de cores foi centrada no azul, que é a cor preciosa para os dothraki. A mudança no seu estilo de vestuário se deve em parte à sua jornada para se tornar uma mulher e uma líder, mas também à praticidade. Dany leva uma vida nômade e, ao cavalgar, precisa de botas e uma calça de couro. É ótimo que essas peças confiram tamanha força à sua aparência, mas eu queria que a forma transmitisse a sua feminilidade. Examinamos muitos elementos, experimentamos bordados de escamas de dragão, e as mangas quase parecem o capelo de uma cobra. Eu queria desenhar os dragões, mas também criar um aspecto de armadura, de proteção em relação às escolhas que ela faz. Após Qarth, onde a roupa foi desenhada para passar a impressão de que ela cometera um erro na escolha do estilo, Dany começa a usar mais elementos do vestuário masculino – pois é onde ela sente que está o poder – e os torna seus.

É um processo bastante orgânico, de modo que, quando ela chega a Meereen, é possível ver similaridades entre Missandei e Dany. Ela ainda é jovem e gostaria de se vestir feito a mulher que considera sua amiga, alguém que se provou a ela enquanto viajavam. Dany quer apagar a ideia de escravidão e a separação que ela causa, e isso também faz parte da escolha de vestuário.

EMILIA CLARKE (DAENERYS TARGARYEN): A cada temporada eu fico espantada não só com a beleza e com os detalhes das roupas de Dany, mas também com o nível. Tive a sorte de já ter experimentado a alta-costura, e vou lhe dizer, eu olho para as roupas da série e penso: "Estamos melhores." Mas meus acessórios favoritos sempre serão as botas. É uma relação de amor e ódio: elas podem ser difíceis de calçar, mas estiveram em todo lugar que Dany esteve. Ficaram cheias de sangue, neve, areia e lama – elas passaram por tudo. São o meu pedacinho favorito de Dany. É uma das primeiras coisas que dizem na escola de teatro: se não puder encontrar uma personagem, ande com os sapatos dela. E essas botas simplesmente fazem com que você se sinta forte.

[ACIMA] *Os desenhos das roupas de Dany mostram o tema recorrente de cores e formas específicas de sua personagem.* [PÁGINA AO LADO] *Daenerys assume o comando e lidera o seu recém-adquirido exército de Imaculados.*

— QUEIMANDO KRAZNYS —

EPISÓDIO 4: "E AGORA TERMINOU SUA VIGIA"

"UM DRAGÃO NÃO É UM ESCRAVO."

— DAENERYS TARGARYEN

No final desse episódio, Daenerys demonstra a sua força e a sua determinação crescentes como líder. Em uma manobra estratégica espetacular e surpreendente, ela engana os senhores de escravos de Astapor, que lhe vendem os Imaculados em troca de seu maior dragão. Ela de uma só vez liberta os escravos de seus senhores, reivindica o seu exército e recupera o seu dragão de um modo que ninguém esquecerá, sobretudo os seus atônitos conselheiros Jorah Mormont e Barristan Selmy.

ALEX GRAVES: A sequência final de Dany no episódio foi uma gigantesca realização técnica. Ela era impossível de ser feita, era cara demais, e seria filmada no Marrocos com um cronograma incrivelmente apertado. Pelo último episódio da primeira temporada, de Alan Taylor, eu sabia que Emilia era sensacional. Basicamente construí a cena inteira com a ideia de que ela chegaria e então aumentaria cada momento que eu lhe desse. Eu também sabia que iria me divertir com Iain [Glen] e Emilia, porque eu havia assistido às primeiras tomadas que Dan [Minahan] filmara no primeiro dia, e eles eram como Hepburn e Tracy.

O que eu não esperava era que Iain me seguisse para todo lado o dia inteiro. Descobri que ele adora direção e todo esse processo. Eu descia até a praça para falar com Emilia, me virava, e ele estava sentado bem ali. Ele queria saber o que eu estava dizendo para mudar a atuação dela. Nós nos divertimos muito. Ainda tenho muito orgulho daquela cena porque sinto que é uma ótima versão menor do que eu poderia ter feito se o orçamento não fosse um problema. Um dos maiores desafios foi filmar oito mil caras em volta de uma única garota quando se tem apenas algumas centenas de figurantes. Não dá nem para explicar o planejamento que foi necessário. Eu peguei papéis tamanho carta para representar colunas de oito por cinco de Imaculados e os espalhei pelo chão da minha sala de estar, com um copo de licor representando Dany em seu cavalo. Eu os filmei de todos os ângulos possíveis. Então chegamos ao Marrocos, e alguns dos figurantes não apareceram, de modo que perdi uma coluna e uma tomada de plano geral. Isso me assombra até hoje.

Preparei a cena para que Dany pudesse ser vista de muitas narrativas diferentes. Vemos Dany pelos olhos dos Imaculados, a vemos de pé sozinha e do ponto de vista dos senhores e de Jorah. Os telespectadores saem com uma sensação de vitória, mas não é tão claro assim.

Há um instante sutil no final que também acho importante. Jorah não compreende perfeitamente o que está acontecendo e adverte Dany sobre as suas ações. Naquele momento, ele percebe que se tornou completamente inútil para ela. Dany acabara de conquistar a maior vitória militar em vinte anos, e Barristan entendeu isso. Jorah não entendeu, e isso não é bom para ele.

BENIOFF E WEISS: Quando lemos a cena no livro, soubemos que seria um momento de satisfação para os espectadores. O mundo da série costuma ser muito sombrio, mas esse é um lugar onde alguém que adoramos triunfa sobre alguém horrível e de uma maneira merecida. É uma demonstração perfeita de sua inteligência, de sua recusa em ser confinada a falsas dicotomias e de sua habilidade para encontrar soluções novas (ainda que brutais) para os problemas que enfrenta. Emilia foi tão convincente que ao final daquele discurso pensamos que ela iria de fato começar uma revolução.

Estávamos muito empolgados com a possibilidade do nosso primeiro vislumbre real dos dragões como armas de guerra, e o diretor Alex Graves compartilhava o nosso entusiasmo. Ele inclusive acrescentou uma tomada que não estava no script, que foi a fumaça dos guardas carbonizados pelo dragão se erguendo por trás de uma Dany arrasadora, e que se tornou uma das imagens centrais de toda a terceira temporada. A explosão foi alta pra caramba, mas valeu a pena.

EMILIA CLARKE: A segunda temporada foi frustrante para Daenerys, porque ela não chegou a lugar algum de fato, e a sua ingenuidade a faz bater de frente com alguns obstáculos. Antes de começarmos a terceira temporada, David e Dan falaram comigo sobre cenas que ocorreriam com Dany com as quais eles estavam empolgados desde o início da série, então eu sabia que algo grande iria acontecer. No quarto episódio, vemos Dany resolver as coisas pessoalmente e surpreender a si mesma, os seus conselheiros e todo mundo à sua volta. O fato de tudo isso se encaixar parece um sinal das coisas que virão pela frente. Ela havia começado pedindo conselhos antes de tomar qualquer decisão, apesar de ter provado, na primeira temporada, que era capaz de manobras ousadas como essa ao caminhar para dentro do fogo. Ela está pronta para aceitar os riscos do que precisa acontecer. Também está começando a ser mais cautelosa e a não confiar em ninguém além de si mesma. Se ela vai mesmo seguir por esse caminho, precisa confiar nos próprios instintos.

[PÁGINA AO LADO] *O chicote do senhor de escravos com o punho em forma de harpia.* [ACIMA] *Daenerys faz um acordo com Kraznys pelo exército de Imaculados.* [PRÓXIMA DUPLA] *Daenerys é cercada enquanto os ex-escravos aclamam sua nova Mhysa.*

CRIANDO O EXÉRCITO DOS IMACULADOS

Sob o calor do sol marroquino, com cerca de quinhentos figurantes marchando em formação, a tarefa do departamento de efeitos visuais era criar de alguma forma o vasto exército de Imaculados com a quantidade épica de soldados que vemos na tela.

JOE BAUER: A intenção original era posicionar a câmera na altura desejada, que foi determinada pela maior grua disponível, ou 45 metros, e depois fazer todo mundo marchar diante dela para capturar cada elemento possível.

Uma das vantagens de construir Astapor com computação gráfica era que a muralha principal era real. De modo fenomenal, um dos sets de um filme [*Cruzada*] de Ridley Scott ainda está de pé e formou uma parte da nossa locação de filmagem. A muralha em si tem aproximadamente 25 metros de altura e 150 metros de comprimento. Para aumentá-la, usamos a nossa grua para tirar fotos de duas locações completamente diferentes no Marrocos e depois as combinamos. Filmamos o nosso litoral em Essaouira e então a muralha em Uarzazate. Em Uarzazate, fizemos as colunas de figurantes marcharem, usando seus movimentos e suas posições como pontos de partida para transformar quinhentos em oito mil usando replicação.

Então a natureza da tomada mudou bastante, desde o que havia sido sugerido nos *storyboards* até o que tivemos oportunidade de criar com os efeitos. Foi maravilhoso. Quando entramos no reino da computação gráfica, não movimentamos a câmera apenas de forma panorâmica, mas também em tomadas mais abertas e sobrevoando o cenário. A essa altura, a marcha para fora da cidade se tornou uma tomada feita quase inteiramente de computação gráfica, com exceção do litoral.

O objetivo sempre foi ser fotorrealista, mas, se você não tem algo em que se basear para tentar reproduzir, isso é quase impossível. Uma foto capta detalhes nos quais você pode não pensar, e, se esses detalhes não estiverem lá, não parece real – como a poeira iluminada por trás e levantada pelos pés dos Imaculados, ou o toque desigual da luz nas armaduras, ou a marcha um pouco fora de ritmo porque, apesar do treinamento, eles ainda são humanos. Não pareceria natural se tudo estivesse totalmente sincronizado.

[ACIMA] *Um figurante Imaculado posa para a modelagem computadorizada.* [PÁGINA AO LADO (ACIMA)] *A criação da unidade em 3-D.* [PÁGINA AO LADO (ABAIXO)] *O exército de Imaculados antes de ser replicado.*

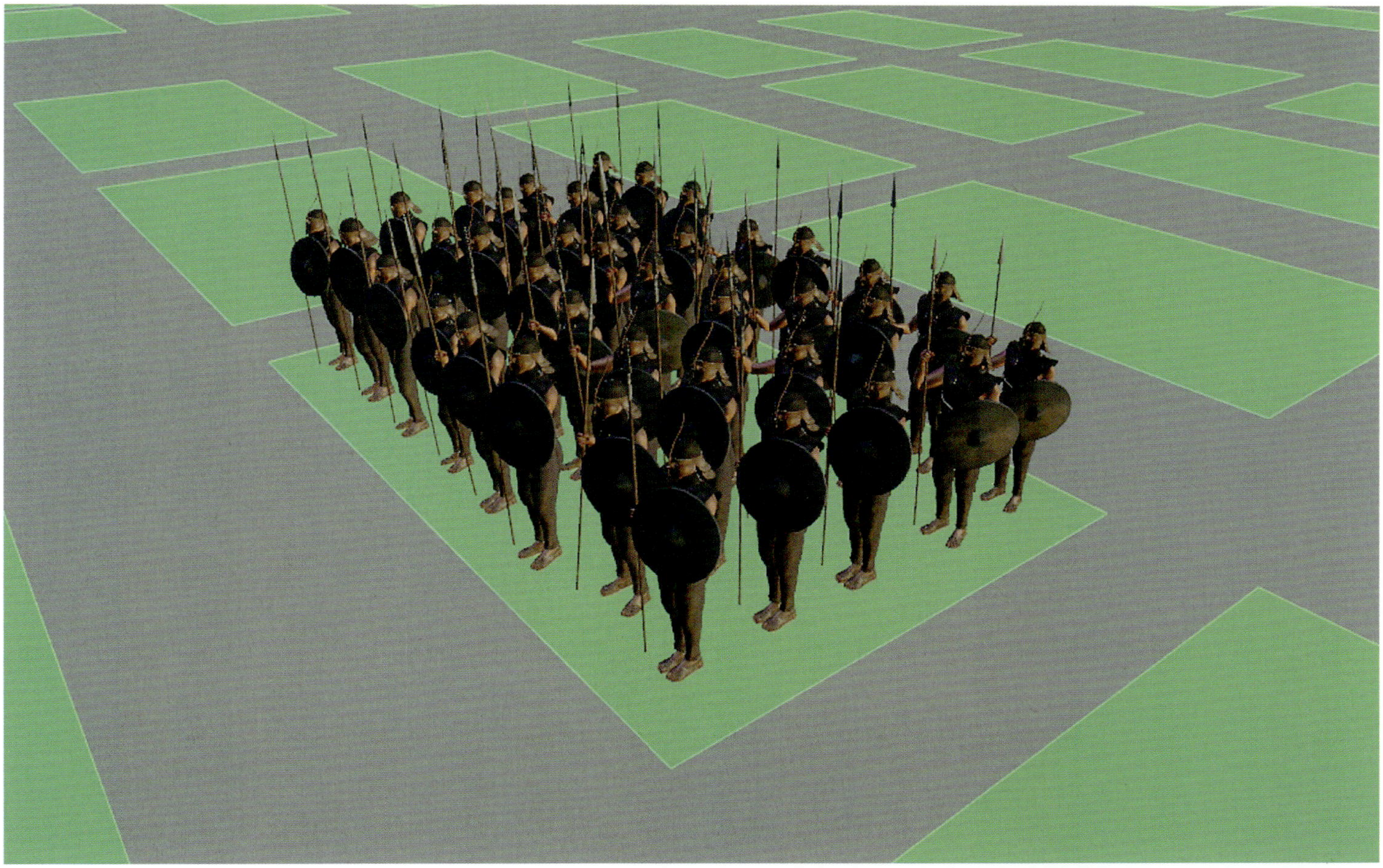

OS SEGUNDOS FILHOS:
UMA BREVE HISTÓRIA

"HOMENS QUE LUTAM POR OURO NÃO SÃO HONRADOS NEM LEAIS. NÃO PODEMOS CONFIAR NELES."

— BARRISTAN SELMY

OS SEGUNDOS FILHOS SÃO UMA FORÇA MERCENÁRIA DE APROXIMADAMENTE DOIS MIL HOMENS que luta por quem pagar mais. Receberam esse nome pois boa parte de seus combatentes é composta de "segundos filhos", que não herdarão nada e, assim, precisam conseguir o seu próprio lugar no mundo. O estandarte dos Segundos Filhos exibe uma lâmina quebrada, representando o modo implacável como buscam a vitória para os seus empregadores, e é reconhecido por todo o continente.

Quando se aproxima de Yunkai, outra cidade de senhores de escravos, com o seu exército de Imaculados, Daenerys encontra o lugar protegido pelos mercenários, que são liderados por três homens: Mero, Prendahl na Ghezn e Daario Naharis. Dany oferece uma aliança se eles quebrarem o seu contrato com Yunkai e lhes dá dois dias para decidirem. Embora os capitães planejem assassiná-la, Daario Naharis decide que prefere lutar por beleza – e assim leva a cabeça dos outros capitães e os Segundos Filhos até ela.

[ACIMA] *Daenerys planeja sua campanha com seus conselheiros militares.* [PÁGINA AO LADO] *O acampamento dos Segundos Filhos sob as muralhas da cidade de Yunkai.*

Parte Quatro

O Casamento Vermelho

"A Roslin pegou uma bela truta gorda. Os irmãos lhe ofereceram um par de peles de lobo como presente de casamento."

— Walder Frey a Tywin Lannister

À medida que as guerras entre as facções de Westeros prosseguem em ritmo acelerado, a estratégia e a vantagem numérica ainda são dois dos maiores fatores para as chances de sucesso. Após decapitar Lorde Karstark por insubordinação, Robb Stark perdeu os vassalos do antigo aliado, enfraquecendo sua posição. Determinado a aproveitar a vantagem enquanto suas vitórias ainda são recentes, Robb planeja levar seu exército até a porta dos Lannister em Rochedo Casterly – uma manobra audaciosa que, caso seja bem-sucedida, poderia encerrar o conflito e coroar Robb como rei. Para isso, ele precisa de uma coisa: o exército que pertence a Walder Frey, Senhor das Gêmeas, a quem ele esnobou quando voltou atrás no acordo feito por Catelyn Stark no começo da campanha.

CASA TULLY:
UMA BREVE HISTÓRIA

"EM GERAL ME CONSOLO QUANDO PENSO QUE, MESMO NOS DIAS MAIS SOMBRIOS DE UMA GUERRA, ABSOLUTAMENTE NADA ESTÁ ACONTECENDO NA MAIOR PARTE DO MUNDO."

— SOR BRYNDEN "PEIXE NEGRO" TULLY

COM UMA HISTÓRIA NOBRE QUE DATA DA ERA DOS HERÓIS, a Casa Tully tem ocupado a sede de Correrrio, na confluência do Tridente nas Terras Fluviais, por mais de mil anos. Os Tully jamais detiveram o título de rei, mas desde as Guerras da Conquista cada senhor da casa é conhecido como Senhor Supremo do Tridente.

Durante o seu reinado, o tirano odiado Harren, o Negro, da Casa Hoare, governou Correrrio. Quando Aegon, o Conquistador, voou para o norte com os seus dragões, Lorde Edmyn Tully foi o primeiro a se juntar ao exército e se rebelar contra Harren. Após a vitória de Aegon, Lorde Edmyn recebeu o título de Senhor Supremo, e todos os outros senhores da região passaram a lhe dever lealdade.

Os Tully sempre fizeram alianças fortes por meio de casamentos. Aos doze anos, Catelyn Tully, a filha mais velha de Hoster Tully, foi prometida a Brandon Stark para fortalecer os laços com Winterfell, de onde os Stark governavam o Norte. Contudo, Brandon Stark e seu pai foram mortos pelo "Rei Louco" Aerys Targaryen, o que desencadeou uma guerra conhecida como a Rebelião de Robert. Para manter os laços entre as grandes casas, Catelyn acabou se casando com o irmão mais novo de Brandon, Eddard Stark. Enquanto isso, a irmã de Catelyn, Lysa, casou-se com Jon Arryn, Senhor do Vale.

Nos últimos tempos, após o assassinato de Jon Arryn e a execução de Eddard Stark, assim como a ascensão dos Lannister ao trono, as alianças da Casa Tully se encontram enfraquecidas e incertas. Os Tully juraram apoiar Robb Stark, o filho de Catelyn, que foi chamado de novo "Rei do Norte", sacrificando assim qualquer ligação com a corte dos Lannister

[DUPLA ANTERIOR] *Um rei apaixonado e sua amada rainha.* [ACIMA] *Robb com a mãe, a esposa e o tio no funeral do avô.* [PÁGINA AO LADO] *Árvore genealógica dos Tully.*

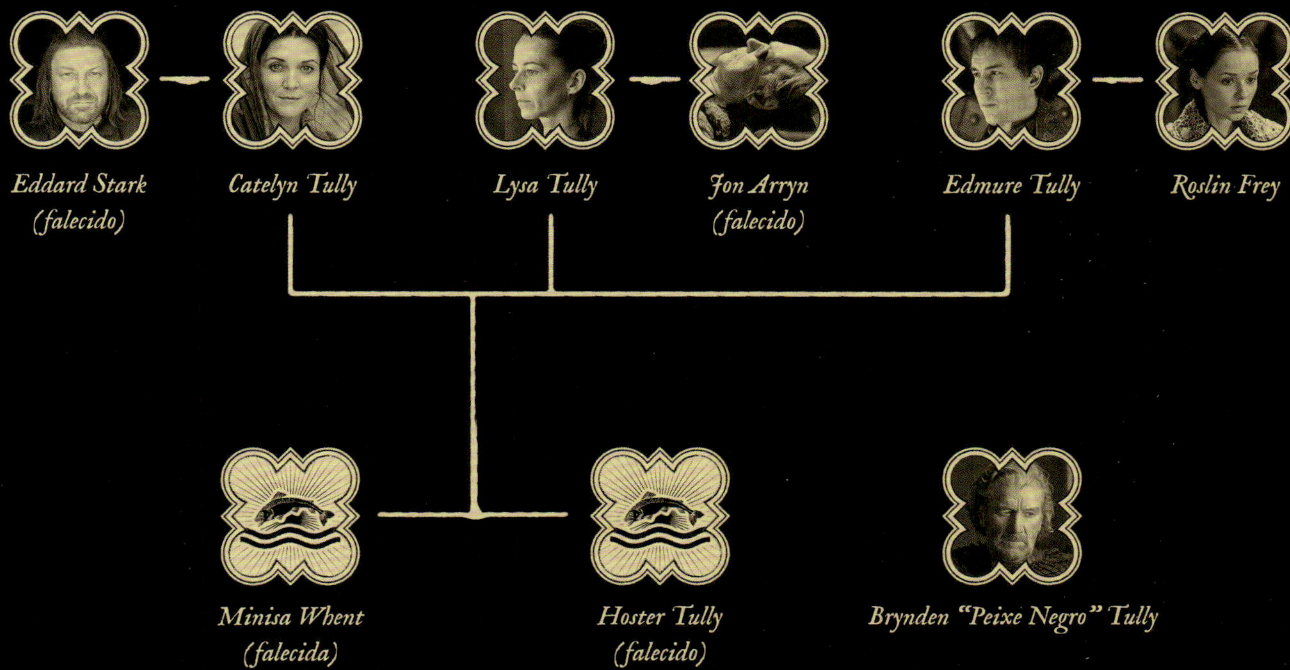

CASA TULLY

SEDE: CORRERRIO

SÍMBOLO: UMA TRUTA PRATEADA

FAMÍLIA, DEVER, HONRA

BRYNDEN TULLY "PEIXE NEGRO"

"AS PESSOAS ME CHAMAM DE 'PEIXE NEGRO' HÁ TANTO TEMPO QUE NÃO SABEM QUAL É O MEU NOME VERDADEIRO."

— SOR BRYNDEN TULLY

Brynden Tully, mais conhecido como Peixe Negro, é o irmão mais novo de Hoster Tully e tio de Catelyn, Edmure e Lysa. Conhecido como um excelente comandante e estrategista, ele tem pouca paciência para a inépcia de seu sobrinho, Edmure, mas, apesar de sua frustração, o seu amor é inabalável, e ele honra a família acima de tudo.

Após a morte de Lorde Hoster, Peixe Negro atua como conselheiro militar de Robb Stark. E, sobretudo, leva Lorde Rickard Karstark até Robb pelo assassinato de dois prisioneiros Lannister – que Stark jurara proteger –, apesar das ordens diretas para que continuassem ilesos. Apelos são feitos para que Robb reconsidere a sentença de morte, mas ele ignora o conselho e decapita Karstark e, com isso, perde a lealdade dos vassalos de Karstark, que compõem metade das forças do Norte.

Mais tarde, para ajudar Robb Stark a restaurar a sua aliança com a Casa Frey, Peixe Negro é uma peça-chave para pressionar Edmure a se casar com Roslin Frey no lugar de Robb. Peixe Negro lembra Edmure de forma implacável de seus erros passados e da necessidade de apoiar o seu rei. Sem saber que a aliança será traída no Casamento Vermelho, Peixe Negro parte antes que o massacre tenha início. O seu paradeiro atual ainda é desconhecido.

MICHELLE FAIRLEY (CATELYN STARK): Clive Russel é simplesmente o sujeito mais maravilhoso, atencioso e tímido do mundo, mas também é um ator com uma experiência espetacular. Tive o privilégio de trabalhar com Clive antes, então foi muito fácil dar as boas-vindas a ele em uma série tão consolidada. Também acho que a chegada dele ajudou com o relacionamento que Catelyn tem com a sua família, que acredito que seja bastante conturbado. Em grande parte, Cat aceita que os membros de sua família sejam do jeito que são e acha que eles devem simplesmente seguir em frente, mas também é uma história complicada. Adorei as minhas cenas com Clive, em especial quando os dois estavam discutindo a morte de Hoster. Ele é o tipo de ator no qual você confia implicitamente, para conversar quando você precisa conversar ou esperar quando você precisa esperar. Ele é um homem muito sensato e honesto.

EDMURE TULLY

EDMURE TULLY: "ELE VAI RECEBER OS MEUS SERVIÇOS. UM TULLY DO TRIDENTE, SENHOR DE CORRERRIO."

BRYNDEN TULLY: "HERÓI DO MOINHO DE PEDRA."

Edmure Tully, o filho mais novo e herdeiro de Hoster Tully, e agora Senhor de Correrrio, continua sendo um aborrecimento para o tio Peixe Negro. Edmure vem lutando por Robb Stark, seu sobrinho e também seu rei, mas é arrogante e tolo, e lhe faltam habilidades estratégicas. Após uma batalha importante em que ele abandona por impulso uma posição estratégica por uma vitória menor e prisioneiros Lannister de menor importância, Edmure se vê forçado a compensar Robb pelo seu erro de cálculo se casando com Roslin Frey no lugar de seu rei. Edmure se ressente dessa decisão, mas acaba cedendo sob a forte pressão familiar.

Quando os exércitos Stark e Tully chegam às Gêmeas para o casamento de Edmure, Walder Frey dá uma demonstração exagerada de reconciliação. Até então, Edmure não tinha visto a noiva, e a linhagem pouco atraente dos Frey faz com que o seu sacrifício pareça ainda mais desolador. No entanto, quando Roslin é revelada, Edmure fica encantado com sua beleza. Após muita celebração, e de acordo com o costume, Edmure e sua esposa acabam sendo retirados do salão principal e levados para o leito cerimonial. Porém, assim que as portas são cerradas, prendendo-os dentro do aposento, o massacre cuidadosamente planejado de Robb Stark e seus vassalos tem início. Tudo parece sugerir que Edmure, Senhor de Correrrio, passa a sua noite de núpcias em uma cela nas Gêmeas, e é provável que continue prisioneiro lá durante algum tempo.

MICHELLE FAIRLEY: Adorei o modo como Edmure foi escrito. Adorei o jeito como David [Benioff] e Dan [Weiss] o escreveram para ser arrogante, petulante e tolo. Ainda assim, acho que, se você é uma pessoa que pensa no futuro, não vai querer atacar alguém assim. Se tentar, acaba dando espaço para que ele cresça. Em vez de ser a ovelha negra, ele é a ovelha fraca. Há uma dinâmica mais fácil entre Robb e Peixe Negro. Eles se entendem, têm uma mentalidade semelhante. Acho que a maior dose de aceitação em relação a Edmure vem de Catelyn, que apenas quer encorajá-lo a ser melhor do que é.

[PÁGINA AO LADO] *Peixe Negro a caráter, com cada gibão feito de mil escamas de couro cortadas e costuradas à mão.* [ACIMA] *Edmure Tully mira pela segunda vez.*

CASA FREY:
UMA BREVE HISTÓRIA

"VAMOS NOS PREPARAR. O VINHO CORRERÁ VERMELHO E A MÚSICA SERÁ TOCADA ALTA, E DEIXAREMOS ESSA CONFUSÃO PARA TRÁS."

— WALDER FREY

NAS TERRAS FLUVIAIS, EM AMBAS AS MARGENS DO RAMO VERDE DO TRIDENTE, está localizado o castelo duplo conhecido como as Gêmeas. Suas duas torres altas e cinzentas se unem sobre a travessia e formam a única ponte fluvial disponível num raio de centenas de quilômetros. A posição estratégica dessa fortaleza permitiu que a família Frey enriquecesse e se fortalecesse com os pedágios que cobra há mais de seiscentos anos. O atual Senhor da Travessia é Walder Frey, um velho casado com sua oitava esposa e pai de mais filhos do que é capaz de contar. Walder Frey sabe que o controle daquela confluência é um recurso militar inestimável para quem visa ao Trono de Ferro. A princípio, ele concorda em formar uma aliança com Robb Stark, o Rei do Norte, depois que Catelyn promete que Robb se casará com a filha de Frey, Roslin.

Quando Robb quebra a promessa e se casa com Talisa Maegyr, Walder fica fora de si de fúria e humilhação pelo que considera uma ofensa. Ele impede que o seu exército participe da campanha de Robb. Mais tarde, quando Edmure Tully é oferecido como esposo substituto a Roslin, Walder parece aplacado; ele concorda com o casamento e em restaurar a aliança, e até convida o exército dos Stark até as Gêmeas para a união, oferecendo-lhes um breve descanso longe de suas batalhas constantes e uma oportunidade de aumentarem o seu contingente para enfrentar os exércitos dos Lannister.

Na verdade, o casamento é uma armadilha, planejada por Walder Frey para punir os Stark e os Tully e para alterar para sempre a balança do poder em Westeros.

[ACIMA] *Walder Frey tem um plano ignóbil, além de uma bela filha.* [PÁGINA AO LADO] *Árvore genealógica da Casa Frey.* [PRÓXIMA DUPLA] *O salão do banquete nas Gêmeas, enquanto Walder Frey faz o papel de anfitrião do Casamento Vermelho.*

Edmure Tully

Roslin Frey

Mais de vinte filhos (legítimos e bastardos)

Walder Frey

Joyeuse (Erenford) Frey (oitava esposa)

CASA FREY

Sede:
AS GÊMEAS

Símbolo:
DUAS TORRES DE PEDRA

— O CASAMENTO VERMELHO —

EPISÓDIO 9: "AS CHUVAS DE CASTAMERE"

"EU NÃO LHES MOSTREI A HOSPITALIDADE QUE VOCÊS MERECEM. MEU REI SE CASOU, E DEVO À MINHA NOVA RAINHA UM PRESENTE DE CASAMENTO."

— WALDER FREY

O "Casamento Vermelho" começa como um raro momento de felicidade que, no fim, torna-se uma das sequências mais devastadoras da história da série. Inicialmente, o casamento de Edmure e Roslin é repleto de esperança. Edmure fica encantado em descobrir que Roslin é uma mulher de extraordinária beleza, e a relação conturbada entre Walder Frey e os Stark parece se acalmar. Para a família Stark, é uma chance de imaginar um futuro mais pacífico. Robb e Talisa falam sobre como criarão o filho que ainda não nasceu, e Catelyn fica aliviada com a renovação da aliança com os Frey. Os recém-casados saem do salão para consumar o casamento sob uma chuva de desejos de felicidade. Após discutir peculiaridades familiares, Peixe Negro Tully se retira para encontrar outro tipo de alívio depois de muitas canecas de cerveja.

Então as portas são fechadas de forma agourenta. Catelyn nota que Roose Bolton está usando uma armadura escondida debaixo da roupa, um claro indício de que o casamento não é o que parece. Walder Frey fala, oferecendo a seu rei a hospitalidade que ele merece e, a sua rainha, um presente; e assim, com essas palavras escarnecedoras e ambíguas, a carnificina tem início. Catelyn grita um aviso no momento em que Talisa leva uma brutal punhalada na barriga, que mata a jovem e o bebê em seu ventre. Quando Robb tenta alcançar o corpo caído da esposa, setas de besta são disparadas, e os acordes lúgubres de "As chuvas de Castamere" ressoam entre os ecos de combate e assassinato.

Catelyn agarra a jovem esposa de Walder, Joyeuse, e pede para que seja concedida misericórdia a Robb, que nesse momento está lutando para se levantar. Walder recusa com escárnio, e Roose Bolton, dizendo "os Lannister mandam os seus cumprimentos", crava uma adaga no coração de Robb. Catelyn só pode assistir em agonia impotente. Então, como vingança, ela mata Joyeuse, cortando-lhe a garganta. Como a última a tombar, Catelyn testemunha o horror de ver os seus piores medos se concretizarem — até que a sua própria garganta é aberta por Walder Negro, um dos bisnetos de Frey, e ela mergulha na escuridão.

DAVID NUTTER (DIRETOR): Perto do final da segunda temporada, David [Benioff] e Dan [Weiss] começaram a sussurrar no meu ouvido sobre me envolver no Casamento Vermelho. Eu não tinha lido os livros de propósito. Queria ser conduzido pelos roteiros para contar a história e não queria dar um passo maior do que a perna. Assim que concordei em me envolver, comecei a ler a respeito do evento, para ter uma ideia da sequência. Então apareceu esse peso sobre a minha cabeça, e eu tive que lidar com muito receio e nervosismo por cerca de nove meses antes mesmo de começar a trabalhar na cena. Meu sentimento inicial foi simplesmente de medo. Quando recebi os roteiros é que comecei a determinar como a cena iria funcionar.

Após conhecer Walder Frey, essa cena ficou bem nítida na minha cabeça, assim como o casamento – mas o banquete... bem, isso foi mais complicado. Era importante para mim, como um técnico num jogo de futebol, resolver como seriam todas as jogadas e qual a melhor maneira de manipulá-las. Onde os personagens estariam e as interações: Robb e Talisa, com Catelyn os observando, e onde estariam Walder e Lothar Frey, e a importância de Roose Bolton. Eu me sentei com [a designer de produção] Gemma Jackson para discutir os sets, como seriam as mesas. Para mim, esse arranjo, assim que consegui imaginar como ele seria, foi um dos maiores desafios. A cena foi muito bem escrita. Precisava ser alegre e barulhenta, mas também tinha que haver uma sensação de tranquilidade: finalmente ia acontecer algo de bom. Foi muito importante ter aquela calmaria, com Robb e Talisa conversando sobre o bebê e Catelyn começando a ver e pensar que todos ficariam bem antes de o jogo virar.

Para mim, era muito importante que isso fosse filmado em sequência. Eu venho de uma formação musical, e essa cena de certa forma é como uma música. Era essencial que houvesse pouquíssimo tempo desperdiçado. Eu queria filmar em sequência para que os atores pudessem dar tudo de si, para que ninguém se contivesse naqueles últimos momentos.

[PÁGINA AO LADO] *Um rei traído.* [ACIMA] *Um momento de paz para a família Stark.*

GEORGE R. R. MARTIN: Anos antes de chegar àquela cena eu já sabia que Robb iria morrer. Ele estava marcado para morrer desde o início. Houve quem dissesse que ele deveria ter sido um dos personagens com pontos de vista nos livros e, em retrospecto, talvez devesse ter sido, porque então teria sido um choque ainda maior, mas eu sempre soube que ele morreria. Eu queria desconstruir o clichê costumeiro da fantasia e já tinha matado Ned. Em 90% das obras de fantasia, o pai é assassinado e o filho assume o seu lugar e o vinga. Eu queria uma mudança: parece que temos o filho heroico, mas, ops – ele também está morto. Tomei outras decisões sobre aquela cena enquanto escrevia. Catelyn também teria de morrer, e o exército precisava ser destruído. A situação é levemente baseada em dois incidentes da história da Escócia. Um deles foi o Jantar Negro, onde foi prometida passagem segura a Douglas Negro até a sede real em Stirling, para que ele se encontrasse com o rei e os dois resolvessem as suas diferenças, mas tanto ele quanto o irmão foram assassinados no jantar. O outro, é claro, é o famoso massacre de Glencoe, no qual os convidados, protegidos pelo direito de hospitalidade, mataram os seus anfitriões McDonalds na calada da noite. Usei isso como base, mas acrescentei os meus próprios elementos de fantasia.

MICHELLE FAIRLEY: [Filmar as cenas] em ordem cronológica foi extremamente difícil porque havia um *crescendo* emocional. Mas, sinceramente? Foi uma das melhores semanas da minha carreira. Você está cercada por artistas maravilhosos e pela equipe – depois de três anos, eles são seus amigos. É um momento de despedida, mas você não se esquece do que tem que fazer ali. É a melhor coisa do mundo receber um material como esse, ser capaz de representá-lo. O último dia de filmagem foi exaustivo. Era algo palpável – houve um pico de energia no fim. Acho que todos nós sentimos.

BENIOFF E WEISS: David [Nutter] entrou nessa sabendo muito bem como a cena podia ser poderosa se fosse feita do jeito certo. Ele se preparou como deveria. É um Exterminador: um homem que pode filmar uma batalha sensacional em dois dias e terminar antes do prazo. Ele apareceu na primeira reunião do roteiro com pilhas de gráficos e diagramas – ele tinha toda a coisa esquematizada na cabeça desde o início. Esse nível de organização lhe deu a eficiência necessária para deixar cada momento perfeito. E há vários, vários pequenos momentos.

David trabalhou muito bem com os atores, que deram tudo de si nessa cena. Todo mundo: Oona, Michael, David, Maisie, Rory… e Richard e Michelle. Parece quase redundante falar sobre a força e a perfeição de suas atuações nessa cena. Havia algo de emocionalmente sincero na tristeza deles e na tristeza de cada um ao vê-los partir. [Eles estavam cercados por uma equipe norte-irlandesa durona, porém com os olhos cheios de lágrimas pelo que via nos monitores. O departamento de maquiagem precisou do seu próprio departamento de maquiagem.] Richard e Michelle estavam no coração da série desde o piloto, personificando de forma belíssima e poderosa a relação complexa e essencialmente carinhosa entre mãe e filho. Ainda não caiu a ficha de que eles não vão mais estar na série, e é provável que ela nunca caia.

GEORGE R. R. MARTIN: Não assisti à versão preliminar da cena. Eu esperava chegar ao set para o Casamento Vermelho e ser uma das baixas dos Stark, ter a minha garganta cortada no fundo da cena, mas, infelizmente, a pressão do trabalho não permitiu que isso acontecesse. Quando assisti à versão final, ela havia sido executada de forma tão vívida e visceral que a sensação foi mesmo de que, em alguns aspectos, David e Dan haviam superado todos os limites. Eu sabia que teríamos uma reação imensa, porque tive uma reação imensa treze anos atrás: recebi e-mails e cartas de pessoas, alguns dizendo que era brilhante, outros dizendo que nunca mais leriam outro livro, e outros falando ainda que esperavam que eu morresse num incêndio. Como a TV tem um alcance muito maior e com a predominância da internet, eu sabia que seria grande, mas não percebi quão grande. A cena é bastante visceral nos livros e, para ser franco, eu não achava que alguém seria capaz de torná-la ainda mais sangrenta, mas David e Dan inseriram Talisa e a fizeram engravidar. Isso teve um impacto até mesmo em mim, porque eu não sabia se ela acabaria comparecendo ao casamento.

MICHELLE FAIRLEY: Eu assisti apenas uma vez. Acho bastante difícil de assistir. A rapidez da cena, o modo como foi filmada e editada... você sente como se estivesse lá. Para onde você fugiria se estivesse lá? Mesmo antes de Catelyn perceber o que está acontecendo, há essa inevitabilidade impiedosa pairando sobre a cena. De certa maneira, acho que, mesmo contra a sua própria intuição, ela estava esperando que tudo acabasse bem, mas os seus medos são confirmados assim que a música começa a tocar.

DAVID NUTTER: Michelle Fairley é basicamente uma das maiores atrizes que existem. Sério, ela vive Catelyn Stark. Eu não tenho que fazer nada. Há uma sequência, quando Walder Negro tranca as portas e a música está tocando – ela sabe que algo está muito, muito errado. Tocamos uma gravação da música e colocamos a banda lá para que ela pudesse reagir a isso. Assim que ela percebe que Roose Bolton está envolvido, ela deixa de se preocupar consigo mesma completamente. Ela é uma mãe tentando proteger o filho. Podemos vê-la perder a vontade de viver antes mesmo de morrer. A atuação dela foi magnífica.

RICHARD MADDEN (ROBB STARK): Não li nenhum dos livros antes de cada temporada de propósito. Não queria saber ou ser influenciado. Gostei que cada passo o deixava mais perto de alcançar o seu potencial, mas eu precisava que fosse uma surpresa para mim.

Dito isso, eu sabia do Casamento Vermelho desde o início. David e Dan explicaram como a sequência era importante e como, de muitas maneiras, a série era feita para chegar até aquele ponto. Depois disso, várias pessoas fizeram questão de me colocar a par dos detalhes antes de eu chegar nessa cena nos livros.

[PÁGINA AO LADO] *O casal real, antes da tragédia.* [ACIMA] *O Grande Salão das Gêmeas com uma câmera sobre um trilho para filmar o assassinato dos vassalos.*

Foi difícil de filmar, mas tentei bloquear o que sabia enquanto filmava durante aquela semana. Eu estava determinado a não antecipar nada com as minhas ações. Eu queria que fosse natural, porque Robb não sabe o que vai acontecer. Queria poder fazer aquelas cenas com uma alegria e um alívio sinceros, porque era isso que Robb estaria sentindo. No fim, a sensação que tive foi realmente de surpresa, porque Robb não esperava por aquilo. Na realidade, apenas Catelyn desconfiava.

Trabalhar com Michelle [Fairley] foi incrível. Em cada trabalho novo como ator, você é colocado em uma situação na qual precisa se atirar e simplesmente confiar em outro ator. Acabamos construindo uma amizade que nos permitiu começar uma cena num ponto que jamais seria possível com alguém que tivesse acabado de conhecer. Já tínhamos as camadas, a história pela qual já havíamos passado para nos servir de base. Michelle é uma atriz que você olha no olho e a quem tem muita dificuldade de não dizer a verdade, pois ela é muito sincera na sua atuação.

Robb e Catelyn estiveram numa jornada implacável. De certa forma, Robb é como o pai, o que também é parte do motivo de a dinâmica deles ser tão forte. Isso também é algo que aumenta a sensação de desolação: de todos os casamentos que vimos em Westeros, apenas o de Ned e Catelyn e o de Robb e Talisa são por amor. É parte da injustiça da situação. Ela surge de algo bom. Sim, ele quebrou o seu juramento, mas é como se ele fosse jovem demais para aquilo. Acho que ele acabou lá por causa do que estava acontecendo ao seu redor, com todas as perdas e traições, e então ter uma mulher íntegra e leal... bem, talvez houvesse um mundo onde as coisas pudessem ter sido diferentes. No fim, o que temos é realmente uma grande história de amor entre os dois personagens. Acho que é isso que torna a coisa tão difícil para Catelyn: ela pode ver que é algo sincero e puro, e ela sabe que o filho está fazendo a coisa certa ao seguir seu coração, mesmo que seja a coisa errada do ponto de vista político.

É essa a perdição dos Stark, na verdade. Eles seguem o coração e fazem o que é justo e honesto, e não simplesmente a manobra política correta.

Não fui fazer a cena com qualquer expectativa de reação. Tudo o que eu queria era que fosse tão surpreendente quanto era nos livros. Eu tinha colocado na cabeça que queria mostrar Robb nunca desistindo, mesmo quando está cravejado de flechas e Roose o ataca com a faca. Queria que ele apenas continuasse lutando até que o seu corpo parasse de funcionar. Então, quando cheguei nesse ponto, percebi algo sobre Robb. Não só sobre continuar lutando até não poder mais. Houve uma mudança nele, quando Talisa morreu e ele soube que estava acabado. Houve quase um alívio por isso. Quando ele diz "mãe", é como se ele estivesse dizendo "podemos ficar em paz agora". Eles passaram por tantos problemas, lutando, lutando e nunca parando de tentar trazer todos de volta. Em retrospecto, olho para Catelyn e Robb e vejo que eles estavam sempre lutando apenas para manterem vivos um ao outro.

Isso mudou para mim no set. Ele não queria mais lutar. Pelo que estavam lutando? Vingança? Ele acredita que a sua família está morta. Ele venceu todas aquelas batalhas e estava se saindo bem em ser um homem e um líder. Então ele se resigna quando perde a luta, e isso lhe dá paz.

[ACIMA] *A câmera captura o ângulo perfeito.* [PÁGINA AO LADO] *A pura angústia de Catelyn Stark.* [PRÓXIMA DUPLA] *Após o massacre do Casamento Vermelho, o Cão de Caça começa uma nova etapa de sua jornada, agora como protetor de Arya.*

QUARTA

TEMPORADA

Parte Cinco

Reiniciando o Jogo

"A nossa aliança com os Lannister continua tão necessária para eles quanto é desagradável. O Trono de Ferro pode ser a pior cadeira do mundo, mas eles ainda não se cansaram de sentar nele."

— Senhora Olenna Tyrell

Após o Casamento Vermelho, a principal ameaça ao domínio dos Lannister sobre o Trono de Ferro foi eliminada. Robb Stark está morto, seu exército foi massacrado e suas alianças estão em frangalhos. Entretanto, a paz e a segurança permanecem longe de Porto Real. Stannis Baratheon ainda busca reivindicar o trono e, do outro lado do Mar Estreito, Daenerys Targaryen está criando dragões e reunindo um exército para se preparar para a própria chegada a Westeros. Enquanto isso, notícias inquietantes vindas do Norte indicam dois perigos: um exército de selvagens que está avançando, seguido, dizem os rumores, pelos lendários mortos-vivos conhecidos como Caminhantes Brancos.

Além disso, até mesmo a aliança mais importante dos Lannister, com a Casa Tyrell, continua repleta de manobras políticas, e novos jogadores, como a Casa Martell de Dorne, estão saindo das sombras, ávidos para fazerem as suas próprias jogadas.

CONSTRUINDO A FORJA, — FORJANDO AS ESPADAS —

O episódio de abertura da quarta temporada inclui uma cena que dura apenas alguns minutos. Não há diálogo nela, nem violência. Simplesmente vemos Gelo, a espada icônica de Ned Stark, ser derretida para criar duas novas espadas para Jaime Lannister e o Rei Joffrey. O ato representa algo que a essa altura todos os espectadores sabem: os Lannister venceram e, por ora, aniquilaram os Stark.

A brevidade da cena contrasta com o trabalho imenso feito para filmá-la. Durante vários meses, uma forja funcional foi construída nos porões de uma das construções do Castelo de Shane, nos arredores de Belfast, e vários testes técnicos foram realizados pelo departamento de efeitos especiais. Fora dali, adereços que representavam cada etapa do processo de forja estavam prontos para ser usados: lâminas inacabadas, que eram trocadas para ser trabalhadas dependendo do que fosse necessário em uma tomada, algumas pré-forjadas, com sulcos ao longo da lâmina, e algumas prontas para ser utilizadas. O palco estava montado.

O primeiro dia de filmagem em julho foi excepcionalmente quente, e as temperaturas dentro do set fechado passavam dos 38°C. Conforme o calor subia para o teto abobadado, centenas de aranhas minúsculas desceram por fios de teia para dentro do set, penduradas apenas alguns centímetros acima das cabeças da equipe, enquanto o ferreiro (o armeiro Tommy Dunne) e o seu assistente (o armeiro-assistente Steven Murphy) trabalhavam nas lâminas.

TOMMY DUNNE: Fazer o papel do ferreiro foi um tipo de piada interna, que eu não tinha certeza de que iria acontecer mesmo, mas foi demais ter uma participação visível. Steve e eu nos divertimos muito naquele dia. Durante a filmagem, não pudemos trabalhar tal como faríamos na realidade. Tínhamos muitas espadas pré-fabricadas: uma inacabada de grossura plena, semibatida, de malho parcial, meio desbastada, desbastada de um quarto (que é essencialmente uma lâmina mais fina), sem sulcos, com sulcos parciais e com sulcos inteiros, que podiam ser trocadas numa tomada conforme necessário. A lâmina original da Gelo é bastante segura. O departamento de efeitos especiais criou uma mistura de cera e uma liga de bronze de alumínio para "trapacear" no processo.

STUART BRISDON (SUPERVISOR DE EFEITOS ESPECIAIS): Queríamos conseguir o visual fantástico do aço de verdade sendo derramado, então fizemos o nosso próprio fundidor e derretemos bronze num cadinho de cerâmica. Boa parte do trabalho foi feito por Laurence Harvey, um dos nossos técnicos sênior de efeitos especiais. Escolhemos usar bronze para esse elemento da tomada, mesmo sendo o metal errado, porque ele tinha o menor ponto de derretimento e isso facilitava o trabalho com ele. O cadinho com a liga derretida podia suportar temperaturas de até 1.200°C e, quando estava cheio, pesava cerca de cinco quilos e meio. Para aumentar o impacto visual, acrescentamos carvão em pó às áreas por onde o metal escorreria, criando labaredas minúsculas à medida que ia sendo aceso. Prendemos um saleiro em uma vara longa acima da forja, que polvilhava carvão em pó sobre o metal líquido e a forja para criar as fagulhas para a câmera.

A princípio, queríamos fazer o derretimento de verdade da lâmina, mas acabamos descobrindo que isso não era nem um

pouco prático. Então começamos a trabalhar com cera, que podia ser derretida depressa e com eficiência. Durante o processo de teste, descobrimos que, se acrescentarmos corante laranja fluorescente à cera e depois a iluminarmos por baixo com uma lâmpada ultravioleta, ela adquire a aparência de metal derretido. A única desvantagem é que isso não podia ser feito numa forja de verdade, de modo que, para o derretimento em si, nós construímos um molde de vidro especial à prova de calor com elementos aquecidos e a luz por baixo para criar o brilho.

Laurence também foi responsável pela criação da forja. Em uma forja de verdade, a área de calor é um lugar muito limitado, mas queríamos uma área flamejante maior. A forja chegava a temperaturas tão altas embaixo que um sistema de resfriamento estava constantemente ativado para resfriar os tubos de gás, passando pelos invólucros dos queimadores para que não derretessem com o calor. A caixa-d'água do lado de fora chegava a ferver em determinados momentos do dia.

TOMMY DUNNE: As lâminas finais de Joffrey e Jaime foram criações minhas. Gosto de pensar nas coisas que vou criar, e eu conhecia os Lannister e a necessidade que eles têm de coisas ornamentadas e bastante luxuosas. Foi um pouco complicado incorporar a cabeça do leão de um modo que não tivesse sido visto anteriormente. Antes havia sido algo estampado. Este ano eu queria criar algo que incluísse toda a cabeça e em que a guarda saísse de um pomo com uma textura dos pelos do leão. Tive sorte de trabalhar com o artista conceitual Peter McKinstry, que deu forma à minha ideia ao olhar os elementos que havia na oficina e se basear em uma descrição detalhada.

[DUPLA ANTERIOR] *Joffrey e Margaery são unidos em matrimônio.* [PÁGINA AO LADO] *Pintura conceitual da forja terminada.* [ACIMA] *A equipe de efeitos visuais supervisiona o derramamento do bronze derretido para a tomada em close.*

CASA TYRELL:
UMA BREVE HISTÓRIA

"ROSAS SÃO ENFADONHAS, QUERIDA. 'CRESCENDO FORTES.' HA! AS PALAVRAS MAIS ENFADONHAS DE QUALQUER CASA."

— SENHORA OLENNA TYRELL

GOVERNANDO AS TERRAS FÉRTEIS DA CAMPINA DESDE SUA SEDE em Jardim de Cima, a Casa Tyrell é a principal família nobre de Westeros, cuja riqueza e poderio militar são superados apenas pelos Lannister. Historicamente, os Tyrell foram intendentes dos reis da Campina, mas isso mudou quando o último rei, Mern IX, foi morto por Aegon, o Conquistador, durante a batalha sangrenta do Campo de Fogo. Após a vitória de Aegon, foi dever do intendente, Lorde Harlen Tyrell, render-se em nome de seu rei caído. Quando Tyrell jurou lealdade ao novo governante Targaryen, Aegon concedeu aos Tyrell o domínio sobre a Campina e os nomeou Protetores do Sul, conferindo à família todo o poder e a riqueza da posição.

Mais tarde, quando Robert Baratheon e Ned Stark se rebelaram contra o Rei Louco Aerys, os Tyrell permaneceram firmes em sua lealdade à família real Targaryen. Contudo, a sua lealdade não era maior do que o seu pragmatismo. Após o exército dos Lannister sair vitorioso no Saque de Porto Real e a dinastia Targaryen ser praticamente aniquilada, os Tyrell juraram aliança ao novo rei, Robert Baratheon.

Mais recentemente, após a morte de Robert Baratheon e as batalhas subsequentes pelo controle de Westeros, os Tyrell se aliaram ao carismático irmão mais novo de Robert, Renly. Eles pretendiam que Renly se casasse com Margaery Tyrell, que se tornaria rainha caso Renly sucedesse ao irmão e, assim, colocaria herdeiros Tyrell no Trono de Ferro. Essa esperança foi frustrada quando Renly foi assassinado, mas os Tyrell mudaram com habilidade os seus planos de casamento. Margaery chegou a Porto Real e, guiada por sua avó, a Senhora Olenna Tyrell, usurpou o lugar de Sansa Stark como noiva de Joffrey. Agora, Margaery está em sua própria campanha para conquistar o povo para o jovem e impopular Rei Joffrey.

[ACIMA] *Os Tyrell assistem a um casamento real que os torna ainda mais fortes.*
[PÁGINA AO LADO] *Árvore genealógica da Casa Tyrell.*

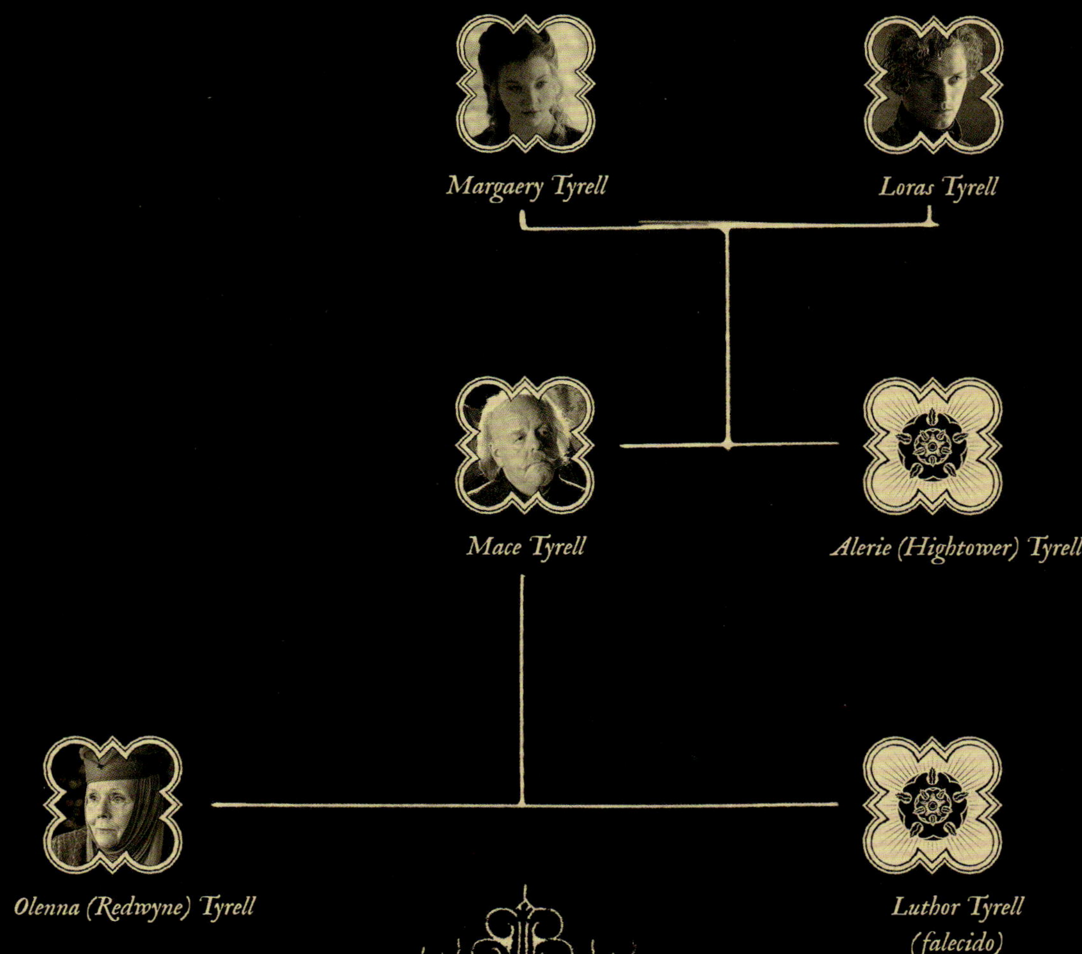

CASA TYRELL

SEDE:
JARDIM DE CIMA

SÍMBOLO:
UMA ROSA DOURADA

CRESCENDO FORTES

OLENNA TYRELL

"O MUNDO ESTÁ REPLETO DE COISAS HORRÍVEIS, MAS ELAS SÃO TODAS UMA BANDEJA DE BOLOS SE COMPARADAS À MORTE."

— SENHORA OLENNA TYRELL

A Senhora Olenna Tyrell, conhecida como Rainha dos Espinhos pelo modo como suas palavras ferem, é a matriarca da poderosa família Tyrell e uma estrategista extraordinária. De língua afiada e inteligência aguçada, ela tem pouca paciência para a estupidez e desdenha daqueles que considera tacanhos. Excelente nos jogos da corte, ela chega a Porto Real para comparecer ao casamento de sua neta Margaery Tyrell com o Rei Joffrey e assegurar todas as vantagens possíveis à Casa Tyrell. Isso inclui encorajar o irmão de Margaery, Loras, a se casar com Sansa Stark e, assim, estabelecer uma base de operações no Norte para a Casa Tyrell. No entanto, essa tentativa é impedida por Tywin Lannister, que casa Sansa com Tyrion Lannister. Profundamente desconfiada de todos, Olenna tem a lealdade para com sua família como única motivação verdadeira.

DIANA RIGG (OLENNA TYRELL): Eu não conhecia os livros ou a série antes de me encontrar com David e Dan para falar a respeito de Olenna, mas a adorei de imediato. Ela é simplesmente uma velhota corajosa; é sutil, engenhosa e sofisticada, e ao mesmo tempo tão *brutal*. Adoro todas essas misturas. Ela é uma mulher tremendamente forte, e acho que isso tem a ver com a sua criação. Na minha cabeça, ela vem de uma linhagem muito antiga de mulheres fortes e não se intimida com muitas pessoas. Também é em parte por causa da idade: ela já passou por muita coisa, sobreviveu a mais coisas do que a maioria das pessoas, e acho que isso a faz se sentir muito forte.

CHARLES DANCE (TYWIN LANNISTER): Olenna é como a versão feminina de Tywin Lannister. Na verdade, ela é a única que pode de fato jogar no mesmo nível.

BENIOFF E WEISS: Olenna é uma dama de ferro num mundo de homens. Ela não pode assumir um cargo ou qualquer título além de "Senhora", mas isso não a impede de ser a força motriz por trás da segunda família mais poderosa desse mundo. Ela é uma personagem espetacularmente divertida de escrever. No fundo, nós dois sempre fomos mulheres duronas de setenta anos.

Parecia improvável que Diana nos agraciasse com a sua presença. Então ela concordou em se encontrar conosco e com Nina Gold para alguns drinques em Londres. Perguntamos o que ela achava da série. Ela disse: "Tem bastante sexo, não é? Adoro." Não tem como fingir uma personalidade como a dela. Ela é Olenna de verdade, mas também é uma mulher tremendamente gentil que, até onde sabemos, nunca mandou matar ninguém.

[PÁGINA AO LADO] *A indomável Senhora Olenna.* [ACIMA] *Dois mestres estrategistas se enfrentam enquanto caminham pelo jardim.*

CASA MARTELL:
UMA BREVE HISTÓRIA

"DIGA AO SEU PAI QUE ESTOU AQUI. E DIGA A ELE QUE OS LANNISTER NÃO SÃO OS ÚNICOS QUE PAGAM AS SUAS DÍVIDAS."

— OBERYN MARTELL

AO CONTRÁRIO DOS OUTROS SEIS REINOS DE WESTEROS, Dorne não foi conquistado por Aegon Targaryen e os seus dragões. Os dorneses negaram a vitória a Aegon usando táticas de guerrilha e lutando uma guerra de exaustão no deserto. No fim, Aegon partiu de Dorne sem fazer com que os dorneses se submetessem. O orgulho que os Martell sentem disso está refletido nas palavras de seu símbolo: "Insubmissos, Não Curvados, Não Quebrados."

Muitos anos antes da invasão Targaryen, a Casa Martell uniu de forma bem-sucedida os vários Estados dorneses que se encontravam em conflito. Lorde Mors Martell se casou com Nymeria, uma rainha guerreira roinar, e a aliança de seus exércitos era imbatível. Depois, Dorne adotou alguns costumes roinares, como chamar os seus governantes de "príncipes" em vez de "reis" e permitir que o filho mais velho herdasse títulos e terras independentemente do sexo. A Casa Martell viria a se aliar à Casa Targaryen pelo casamento, e Dorne se tornou um dos Sete Reinos de Westeros, ao mesmo tempo em que manteve um nível inédito de independência em relação ao Trono de Ferro.

Infelizmente, em Westeros nem todas as alianças desse tipo terminam de forma tão pacífica. Elia Martell se casou com Rhaegar Targaryen e lhe deu dois belos filhos, mas, quando Rhaegar abandonou a esposa e raptou Lyanna Stark, irmã de Ned Stark, o ato ajudou a desencadear a Rebelião de Robert, que terminou com a derrocada da dinastia Targaryen. Durante o cerco final a Porto Real, soldados dos Lannister estupraram e mataram Elia e assassinaram os seus dois filhos, atos que, segundo os rumores, teriam sido praticados pela Montanha. Em consequência disso, a Casa Martell rompeu todas as alianças, partiu da capital e nutriu uma desconfiança e um ódio profundos pelos Lannister.

Dorne é fervorosamente independente, e seu apoio continua vital para a segurança da coroa. Para ajudar a assegurar o apoio da Casa Martell, Tywin Lannister orquestrou um casamento entre a filha de Cersei, Myrcella, e um dos príncipes dorneses. Nos últimos anos, pouco se tem visto de Dorne além de seu vinho, mas, quando o casamento real entre o Rei Joffrey e Margaery Tyrell é anunciado, uma delegação dornesa chega a Porto Real para tomar parte nas festividades e acertar contas pendentes. O irmão de Elia, o sedutor e enérgico Oberyn Martell, decidiu que essa era uma excelente oportunidade para visitar a capital, com os seus próprios objetivos.

[ACIMA] *Tyrion e Bronn recebem a delegação Martell.* [PÁGINA AO LADO] *Árvore genealógica da Casa Martell.*

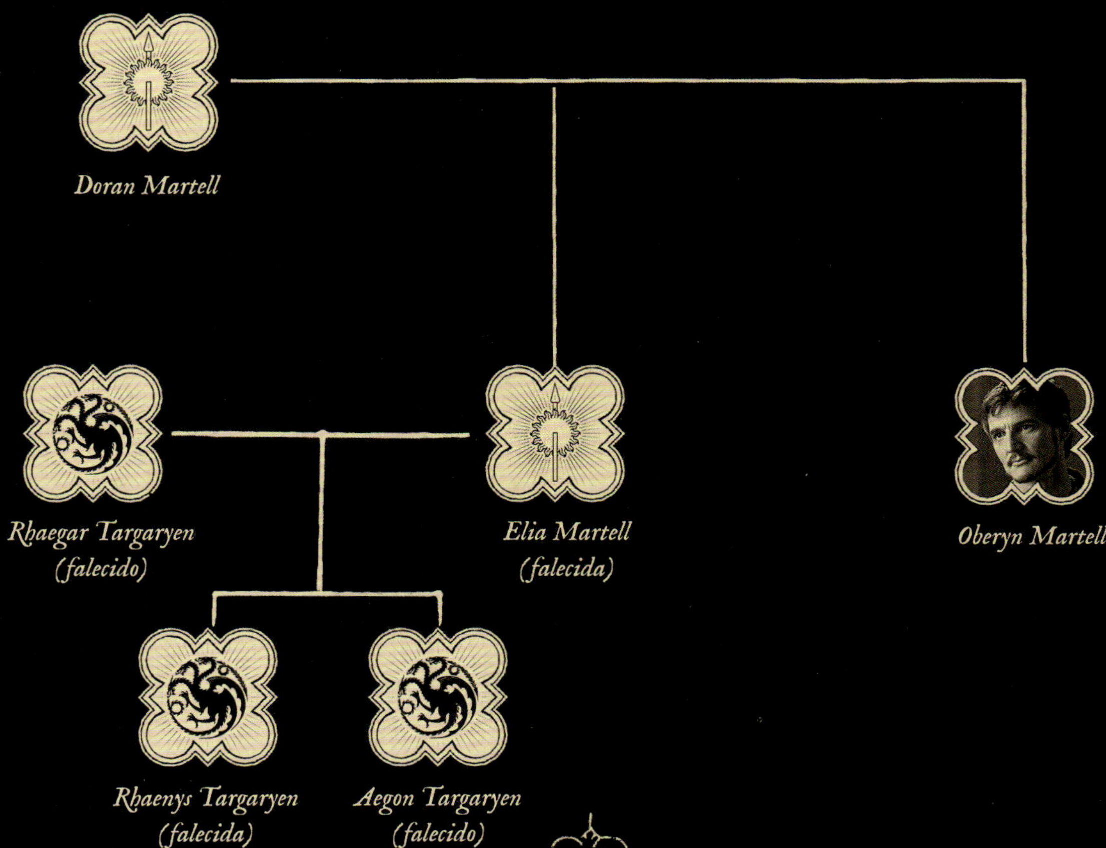

CASA MARTELL

SEDE:
LANÇASSOLAR

SÍMBOLO:
UM SOL ATRAVESSADO POR UMA LANÇA

INSUBMISSOS, NÃO CURVADOS, NÃO QUEBRADOS

OBERYN MARTELL

"PESSOAS DE TODOS OS CANTOS TÊM AS SUAS DIFERENÇAS. EM ALGUNS LUGARES, OS DE ALTO NASCIMENTO DESPREZAM OS DE BAIXO NASCIMENTO. EM OUTROS, O ESTUPRO E O ASSASSINATO DE MULHERES E CRIANÇAS SÃO CONSIDERADOS REPUGNANTES."

— OBERYN MARTELL

Oberyn Martell é o irmão mais novo do atual Príncipe de Dorne, Doran Martell. Guerreiro famoso, Oberyn é conhecido tanto pelos seus apetites lascivos quanto por sua habilidade em batalha. Ele é pai de oito filhas ilegítimas em Dorne, as quais ele ama e protege. Em viagem com Ellaria Sand, sua amante de nascimento bastardo, Oberyn parece estar em Porto Real para o Casamento Real, mas não esconde seu verdadeiro propósito: descobrir a verdade sobre o estupro e o assassinato de sua irmã, Elia, nas mãos da Montanha e, como ele desconfia, por ordem de Tywin Lannister.

PEDRO PASCAL (OBERYN MARTELL): Entrar numa série consolidada pode ser bastante intimidador, ainda mais quando você tem que interpretar alguém tão fenomenal quanto Oberyn Martell. Havia muitas coisas em que pensar no que dizia respeito à mentalidade de Oberyn: viver apaixonadamente, sem se importar com o que os outros pensam ou fazem, sem fazer concessões, ter um único objetivo e ir atrás dele de forma implacável, ao mesmo tempo em que você é um ser humano decente. Ele é um homem que parece feito de contradições. É movido pelo ódio, mas é um ótimo pai e um parceiro leal para toda a vida. Ele é impulsivo. Possui uma fúria intensa e um charme. Ele pode seduzir ou matar você. É inflexível e extremamente sincero. É uma decisão que ele tomou. Ele não fará concessões sobre nada do que pensa ou sente e, por causa disso, sabe que não viverá por muito tempo. Não faz sentido para ele viver de outra maneira. Para ele, não vale a pena.

ALEX GRAVES: Vejo o personagem como alguém que é um hedonista por se sentir tão atormentado com o que aconteceu. Ele também é uma pedra no sapato de Tywin Lannister. É um cara incrivelmente perigoso. Pedro é muito adorável e agradável; o que ele conseguiu fazer foi humanizar o personagem de um modo tão significante que se torna ainda mais interessante de assistir.

[ACIMA] *A força bruta vence a determinação e a graça enquanto a Montanha e Oberyn Martell duelam.* [PÁGINA AO LADO] *Oberyn Martell interpretado por Pedro Pascal.*

— ENCONTRANDO OBERYN —

Há desafios específicos ao se montar o elenco de uma série como Game of Thrones. *Nos livros, George R. R. Martin criou um mundo repleto de detalhes vívidos, com histórias extensas, culturas exóticas e personagens únicos. Encontrar os atores certos para representar cada papel exige satisfazer tanto as necessidades da história quanto a imaginação dos telespectadores.*

FRANK DOELGER (PRODUTOR): David e Dan escreveram papéis excepcionais para os atores, e o gosto de Nina Gold e de Robert Sterne é excelente, então estávamos de fato em uma posição privilegiada e precisávamos apenas ver as opções e decidir quem se encaixava. Examinamos diferentes estilos de atuação e procuramos a aparência certa. Alguns atores parecem bastante modernos, outros ficam confortáveis com papéis de época. Algumas pessoas são maravilhosas, mas por alguma razão não parecem verossímeis nesse mundo. Outras são perfeitas para o mundo, mas não possuem o estilo de atuação certo – trata-se de trazer as pessoas certas para esse belo mundo que foi criado.

ROBERT STERNE: Sabíamos que o personagem de Oberyn era o evento de personagem da temporada. Parte de sua importância se devia ao fato de que ele introduzia uma parte inteiramente nova do mundo, isto é, Dorne. Sabíamos que estávamos procurando alguém do Mediterrâneo, do Egito ou da América do Sul, que pudesse lutar e que desse sensualidade ao papel de forma natural.

PEDRO PASCAL: Quando consegui o teste, a minha sensação era de que se tratava de um trabalho inalcançável. Eu conhecia bastante a série e a acompanhava. Durante três temporadas eu me permiti ficar emocionalmente traumatizado porque precisava ver o que iria acontecer com Joffrey. Então recebi as falas do teste e descobri como e quando ele iria morrer. Eu achei de verdade que haviam *arruinado* a quarta temporada para mim.

Tinha filmado o meu primeiro teste no meu iPhone, e David e Dan me mandaram um e-mail extremamente generoso e articulado me pedindo para filmar de novo, dessa vez mostrando um tom diferente de Oberyn. Digo que foi generoso porque eles se deram ao trabalho de entrar em contato com alguém que eles não haviam conhecido pessoalmente, mas que achavam que *poderia* se encaixar na visão que tinham do personagem. Então filmei de novo, mas dessa vez não no iPhone! Na minha cabeça, eu estava muito longe de conseguir o papel. Então acabei voando para Belfast para conhecer todo mundo. Considerei um bom sinal ir para ensaios de dublês e provas de figurino assim que cheguei. Só quando tornaram oficial é que tive coragem de contar às pessoas que tinha conseguido o papel.

— VESTINDO DORNE —

Na região mais meridional de Westeros encontra-se o reino exótico e atraente conhecido como Dorne. Composto de grandes cadeias de montanhas, vastas extensões de deserto e terras costeiras férteis, Dorne é um reino de luxos e prazeres. O clima mais quente do continente inspira um estilo muito diferente das modas altamente elaboradas de Porto Real.

MICHELE CLAPTON: As roupas de Oberyn Martell e Ellaria Sand são algumas das minhas favoritas dessa temporada. Eu vinha esperando pela introdução de Dorne e evitei deliberadamente usar as cores deles: o amarelo-ocre e os maravilhosos castanhos. Eu queria que os dorneses tivessem visuais bastante distintos; é muito importante ter esses detalhes visuais para ajudar os telespectadores. Foi ótimo ter esses dois personagens para abrir o caminho para a próxima temporada, quando iremos para Dorne e teremos a oportunidade de abordar esses elementos de forma bastante criativa.

Há várias influências indianas, em especial com os tecidos. Trouxemos muitos dos tecidos para os personagens dorneses da Índia. Gosto das sedas lavadas com jato de areia, de sua textura aveludada, do peso e da intensidade da cor.

Para mim, Ellaria foi uma personagem imensamente interessante. Acho que ela se move um pouco como uma cascavel: eu sempre a imagino desaparecendo atrás de uma duna ou algo assim. Gostei da força do traje dela, de ela ser capaz de erguer a capa em favor dessa elegância sensual muito simples, aberta até o umbigo, mas sem revelar demais. É uma peça bastante afirmativa, tanto em movimento quanto em cor. Adoro pensar na reação de Cersei ao ver a roupa – afinal, sua filha agora está em Dorne.

Apesar da natureza substancial de alguns dos tecidos e da inclusão de símbolos de metal, em certos aspectos as roupas de Oberyn eram bastante femininas. Há algo na maneira como Pedro [Pascal] as usou, sua masculinidade, sua total falta de medo do elemento feminino, que as torna muito fortes e intensamente masculinas nele.

A armadura dele é uma das minhas favoritas: o contraste entre o peso da armadura da Montanha e a proteção de couro leve e flexível durante o duelo é visualmente estimulante. Giampaolo [Grassi, o mestre armeiro] e seus assistentes estamparam o couro inteiro com o desenho e cortaram todos os elementos à mão. Poder discutir sobre isso com a peça no manequim, manipulá-la em volta do corpo, as mudanças na proporção dos símbolos... tudo isso foi desenvolvido na oficina, e a contribuição deles é imensa. Acho que fazer parte desse processo leva a alguns dos trabalhos mais criativos. Você pode fazer réplicas de armaduras romanas a vida toda, e elas podem ser bonitas, mas não é a mesma coisa.

[ACIMA] *Desenhos das roupas para os dorneses.* [PÁGINA AO LADO (ACIMA)] *Oberyn e Ellaria adornados com as cores vivas do estilo dornês.* [PÁGINA AO LADO, CANTO INFERIOR ESQUERDO] *A roupa de Ellaria pronta.* [PÁGINA AO LADO, CANTO INFERIOR DIREITO] *A influência das escamas das cobras do deserto pode ser vista na armadura leve de Oberyn.*

— FILMANDO NA CROÁCIA —

Embora as filmagens na Irlanda do Norte tenham proporcionado muitas coisas, o mundo vasto criado por George R. R. Martin em Game of Thrones *inclui uma abundância de ambientes diversos, alguns dos quais necessitam de uma garantia climática um pouco melhor. Nos anos anteriores, partes de Westeros e Essos foram encontradas em locações que incluíam Malta e Marrocos, mas a quarta temporada concentrou as filmagens em apenas três países: Islândia, Irlanda do Norte e Croácia. Duas cidades na Croácia desempenharam papéis significantes: Dubrovnik abrigou várias cenas em Porto Real, fornecendo as vielas por onde Sansa foge, o local do Casamento Real e o anfiteatro para o fatídico julgamento por combate entre a Montanha e Oberyn Martell. O set do anfiteatro foi construído nas ruínas do famoso Hotel Belvedere, que foi alvo de um pesado bombardeio durante as batalhas que ocorreram em outubro de 1991. Mais ao norte, Split assumiu o papel de Meereen, a cidade de escravos que se torna a conquista mais recente de Daenerys, uma locação completamente nova para a equipe de* Game of Thrones.

DUNCAN MUGGOCH (GERENTE DE PRODUÇÃO NO REINO UNIDO): Trabalhar com a Embassy Films na Croácia foi extremamente útil. Para boa parte da equipe croata, trabalhar na série é mais como um emprego temporário de verão – a indústria cinematográfica ainda está dando os primeiros passos por lá. Há um grupo central de profissionais de filmagem que trabalha em tudo. A logística de se filmar em algumas das locações é muito complexa: 250 pessoas chegando com caminhões em um lugar que não foi construído para isso pode causar um caos. Dubrovnik é uma cidade muito bonita. Eles são bastante hospitaleiros por lá. Uma quantidade imensa do crédito por isso vai para [a produtora técnica] Erika Milutin.

De todas as nossas locações, fiquei extremamente empolgado com o resultado final do anfiteatro: ele começou como um hotel bombardeado e pichado dos anos 1970 com vista para a baía e se tornou algo irreconhecível.

Split teve os seus próprios desafios. A cidade jamais experimentara uma filmagem da escala da nossa. Encontrar coisas como fornecedores de comida foi algo problemático. Não há uma agência de figurantes, mas conseguimos fazer tudo dentro da empresa. Fizemos convites e andamos pelas ruas atrás de pessoas que pudessem se encaixar nos requisitos mais específicos, como o dos Imaculados. Há tamanha paixão em torno da série que muitas pessoas viajaram para a Croácia para participar. No fim, tínhamos uma equipe bastante internacional.

DEB RILEY (DESIGNER DE PRODUÇÃO): Quando descobrimos a cidade de Split, e em especial a fortaleza em Klis, o visual de Meereen foi influenciado por ela de uma maneira que eu não tenho certeza de que teria sido possível apenas com os livros e com buscas na internet. Klis nos proporcionou arquitetura suficiente para que construíssemos ao seu redor e criássemos Meereen.

Com Dubrovnik há um visual muito específico que lembra Porto Real, e isso fica evidente em cenas anteriores. Quando viajamos para o norte até Split, tivemos a sensação de que aquela podia ser a base para Meereen: as rochas eram de uma cor diferente. Havia uma bonita natureza orgânica no lugar, com sálvias crescendo dos tijolos.

[PÁGINA AO LADO] *Sansa escapa de Porto Real.* [ACIMA] *O Hotel Belvedere transformado na arena do duelo.* [PRÓXIMA DUPLA] *A entrega inconsciente de um cálice envenenado.*

— A MORTE DE JOFFREY —

EPISÓDIO 2: "O LEÃO E A ROSA"

"UM CASAMENTO REAL NÃO É DIVERSÃO. UM CASAMENTO REAL É HISTÓRIA."

— REI JOFFREY

Com o casamento entre o Rei Joffrey Baratheon e Margaery Tyrell, é formada uma nova aliança que promete enfim trazer uma segurança duradoura a Porto Real. Tywin Lannister e a Senhora Olenna Tyrell conseguiram o que queriam, e tudo parece correr bem. Os participantes do casamento deixam o Septo de Baelor para se juntar à multidão de convidados em um banquete comemorativo de proporções épicas.

No entanto, em geral o prazer de Joffrey depende da dor de outros, e no banquete ele providencia um espetáculo preparado para humilhar tanto a sua ex-noiva Sansa Stark quanto o seu tio Tyrion. Uma trupe de atores anões surge do palco em forma de cabeça de leão e reencena a Guerra dos Cinco Reis e a morte de Robb Stark da maneira mais vulgar possível. Joffrey também ordena que Tyrion, hostilizado mais do que nunca, o sirva como um copeiro, mas o momento é propício. Secretamente envenenado pela sua bebida, Joffrey começa a sufocar e a morrer em agonia diante da multidão horrorizada e de sua família atônita.

Na confusão da morte de Joffrey, Sansa escapa com Sor Dontos, um homem em quem ela acredita poder confiar, sem perceber que a sua fuga faz com que pareça culpada de assassinato. Tyrion, chocado demais para se mover, é imediatamente preso por regicídio por ordem de uma Cersei histérica.

JACK GLEESON (JOFFREY BARATHEON): Não havia dúvidas de que Joffrey tinha de morrer de um jeito assim. Ele não podia simplesmente cair de uma escada e se esborrachar. Os telespectadores precisam e na verdade *merecem* uma bela e arrastada morte por asfixia. É o modo mais doloroso de morrer que se pode imaginar, e isso é mostrado de uma maneira bem visceral, então serve como uma espécie de catarse por todos os anos de Joffrey que vieram antes.

PETER DINKLAGE: A morte de Joffrey ocorre no pior momento possível para Tyrion. A celebração do casamento começa com uma peça teatral humilhante, e então Joffrey é morto. Eu sinceramente não acho que Tyrion esperasse nenhuma das duas coisas, por mais que pudesse ter desejado a segunda.

LENA HEADEY (CERSEI LANNISTER): O mundo de Cersei está começando a ruir mesmo antes de Joffrey morrer. Ela começa a série como uma força invencível, casada com o rei e basicamente no controle. Isso começou a mudar. Ela se sente muito ameaçada por Margaery, essa bela garota que está recebendo as atenções de Joffrey. Ela sabe que está perdendo o domínio sobre o filho. Ele não pode ser controlado de fato. Quando ele morre, Cersei desmorona de uma maneira que ninguém esperaria. É o começo da loucura. Ser mãe é ao mesmo tempo uma dádiva e uma maldição – não

há amor como o de um pai ou de uma mãe pelo seu filho. Você se abre a algo extraordinário. Enquanto estava deitada sobre o corpo dele, eu pensei na falta que *Jack* faria – esse ser caloroso, engraçado e inteligente, tão mais sensato do que eu. Eu não podia olhar para ele naquele dia sem ficar com os olhos marejados. Cersei era a única verdadeira aliada de Joffrey, e ele nunca notou isso. Agora ela está completamente sozinha.

NIKOLAJ COSTER-WALDAU: A reação de Cersei é a de uma mãe que perdeu o filho. A de Jaime não. Não acho que Jaime tivesse essa ligação com Joffrey. Ele nunca foi cego para o tipo de pessoa que Joffrey era. A reação dele é por *ela*. Ele não amava o filho.

BRYAN COGMAN: Cersei dedicou a vida inteira aos interesses e à proteção de seus filhos, principalmente do seu primogênito, Joffrey. Adoro o modo como Lena interpretou a cena – é coerente com a maneira como ela sempre interpretou Cersei. Ela nunca é uma vilã, nunca é uma rainha de gelo. Ela é uma pessoa de carne e osso que ama a sua família e sente a mesma tristeza devastadora por perder Joffrey que uma personagem "heroica" como Catelyn sentiu por perder Robb.

PETER DINKLAGE: Cersei realmente acredita que Tyrion é o culpado; não há dúvida quanto a isso. Ela ama demais os filhos. É uma verdadeira leoa ao defendê-los. A loucura resultante faz sentido. No momento em que ela acredita, ela se torna puro veneno. Todos os outros estão simplesmente seguindo o grande mentiroso que é o pai de Tyrion.

BENIOFF E WEISS: Embora a morte de Joffrey tenha sido de fato grotesca, a intenção não era a de que fosse triunfante. Sabíamos que muita gente pensaria nela dessa forma, mas ela não se desenrola como uma vitória. Podia ter sido assim se tivéssemos terminado o episódio com a morte de Joffrey, mas os dedos acusadores apontam diretamente para Tyrion antes que tenhamos tempo de saboreá-la. Jack e Lena se superaram com seus personagens nos últimos momentos de Joffrey: ele era um filho em perigo implorando pela ajuda da mãe, e ela era a mãe que não podia ajudar o filho quando ele mais precisava. Sem dúvida, algo muda em Cersei naquele momento: o seu modo "fúria" entra em ação de imediato e atinge Tyrion em cheio.

JACK GLEESON: Em termos de experiência, foi muito divertido interpretar os momentos antes da minha morte. A morte em si foi bastante técnica: tivemos estágios diferentes de maquiagem, e tudo teve que ser filmado várias vezes, então foi um pouco mais difícil fazer. Mas, para mim, foi maravilhoso poder fazer as minhas últimas cenas com tanta gente do elenco ao meu redor, poder ver todos antes que eu partisse.

[PÁGINA AO LADO] *Arte conceitual do Septo de Baelor preparado para o casamento.*
[ACIMA] *Com o seu último suspiro, Joffrey faz uma acusação.*

— VESTINDO MARGAERY —

MICHELE CLAPTON: O vestido de noiva de Margaery é na verdade um vestido bastante tradicional. Ao contrário de Sansa, que está sendo forçada a fazer algo e se sente oprimida, Margaery quer aquele casamento. Ela sabe o poder que ganhará apesar do fato de estar se casando com alguém grotesco. Seu traje é bastante discreto para que possa agradar as pessoas, mas o símbolo dela está por todo o vestido. Eu queria capturar a ideia dos entrelaçamentos, da repressão e da tomada de posse dos Lannister. Até mesmo a coroa de casamento de Joffrey possui toques disso, com os elementos Baratheon sendo sobrepostos pelas rosas. De longe, o vestido parece bonito e delicado; é só quando prestamos atenção aos detalhes que percebemos que ele está coberto de espinhos e que nem tudo é o que parece.

O vestido é feito de seda estampada com um belo padrão de folhas e um cinza de dois tons que passa uma impressão de aço. O bordado foi feito por Michelle [Carragher], que possui uma sensibilidade orgânica maravilhosa. De vez em quando ele ficava pesado demais, então o pegávamos e removíamos elementos, ou então ele ia na direção oposta e ficava bonito demais. Fizemos os ajustes até encontrarmos o equilíbrio certo. Então decidi que as rosas deviam ser acrescentadas à cauda. Eu não fazia mesmo ideia de quantas seriam necessárias.

MICHELE CARRAGHER: Tudo começa com os rascunhos de Michele. Discutimos bastante sobre como o vestido não podia ser apenas bonito, mas precisava ter um componente mais severo.

Fiz à mão mais de 350 rosas individuais para a parte de trás da saia e a cauda do vestido. Eu demorava cerca de dez minutos para fazer uma, o que significa que levei cerca de sessenta horas para produzir todas. Os cabos foram feitos de fio metálico, que depois foi coberto com arame italiano para criar a espessura necessária. Os espinhos foram uma combinação de cavilhas de vidro tchecas e couro dobrado à mão e pintado de prata para combinar com o todo. Alguns dos ramos mais delicados também eram de couro trançado e com acabamento à mão usando o mesmo tom de prata. Cada uma das folhas foi feita de veludo, cortada e colocada individualmente no vestido. Do início ao fim, o detalhamento do traje levou cerca de dez dias.

MICHELE CLAPTON: Quando vi que haveria degraus na tomada, temi que a saia acabasse saltando e parecesse teatral demais – a saia foi levemente curvada para dar uma erguida no vestido. Mas, no fim, o vestido caiu muito bem por causa do peso da cauda. O diretor Alex Graves disse que foi a única vez que ele mudou uma tomada por causa de um vestido, para capturar o momento em que Margaery subia.

[PÁGINA AO LADO] *O casal real majestosamente vestido.* [ACIMA] *O vestido de noiva com detalhes que refletem o poder elegante e a picada dolorosa do símbolo dos Tyrell.*

SHAE

"Os homens só querem uma coisa de uma garota bonita."

— Shae

Uma prostituta habilidosa e encantadora, Shae não divide os seus segredos com facilidade. Ela aprendeu do jeito mais difícil a não confiar em qualquer um. A ambiciosa Shae se torna a única companheira de Tyrion Lannister e viaja em segredo com ele para Porto Real quando ele é nomeado Mão do Rei. Para proteger a identidade dela de Cersei Lannister, Tyrion cuida para que Shae se torne a aia de Sansa no castelo. Shae e Sansa ficam íntimas, e Shae tenta protegê-la tanto de si mesma quanto de seus inimigos. Shae conhece os jogos que as pessoas gostam de jogar com garotinhas inocentes.

Tyrion é completamente apaixonado por Shae, mas teme o tempo todo por sua segurança. Ele tenta mandá-la embora repetidas vezes, antes da Batalha da Água Negra e, depois, quando percebe que ficará preso em um casamento com Sansa. Furiosa por Tyrion concordar com as maquinações do pai, Shae passa a ter ciúmes de Sansa. Cada vez mais errática e confrontadora, ela começa a duvidar de que Tyrion algum dia a tenha amado de fato.

SIBEL KEKILLI (SHAE): Eu amo Shae como personagem. Ela é uma jovem muito complicada que não teve uma vida fácil, mas é esperta. Se não fosse, jamais teria acabado na companhia de Tyrion. No início talvez houvesse uma estratégia envolvida; estar com Tyrion era um trabalho. Ela foi muito magoada, e é só quando começa a confiar nele que passa a amá-lo. Shae está disposta a arriscar a própria vida para ficar com ele. Ela nunca o teria traído da forma como traiu no julgamento se não tivesse sentimentos profundos. Ódio e amor são muito parecidos de diversas formas. Quando Tyrion se mostra tão desonesto no fim, ainda que estivesse tentando protegê-la, ela sabe que ele está mentindo. Acho que, quando ele a chama de "vadia", isso realmente parte o coração dela. É nesse momento em que ela começa a odiar de verdade.

PETER DINKLAGE: Ele se apaixonou por Shae, e essa é a sua vulnerabilidade. Não acho que Tyrion já tenha sido vulnerável até conhecer essa mulher. Adorei o fato de que David e Dan tenham aumentado a personagem, pois acho que, quando está com ela, Tyrion mostra um lado diferente. Todo mundo precisa ter a sua própria criptonita. Ela necessita de proteção constante para esconder a sua identidade e o relacionamento deles, e Tyrion se esforça como pode para isso. Não acho que ele faria isso por qualquer outro motivo, a não ser, talvez, para proteger a própria vida. Essa situação o deixou fraco de certa forma, e ele odeia isso.

[ACIMA] *Não há nada mais perigoso do que uma mulher com o coração partido.* [PÁGINA AO LADO] *Jaime precisa se acostumar com o fato de que possui uma nova e inferior mão da espada.* [PRÓXIMA DUPLA] *Cersei e Jaime tentam se entender de novo.*

O RETORNO DE JAIME LANNISTER

"MINHA MALDITA HONRA NÃO PODE SER RESTAURADA. MAS A RESPOSTA AINDA É NÃO. EU NÃO QUERO ROCHEDO CASTERLY. NÃO QUERO UMA ESPOSA. NÃO QUERO FILHOS."

— JAIME LANNISTER

Jaime Lannister retorna a Porto Real como um homem mudado. Tudo – ser capturado duas vezes, perder a mão, passar um tempo na estrada com Brienne – afetou Jaime. Tendo sido sempre conhecido como o Regicida, um grande guerreiro e um Lannister, Jaime questiona com relutância aquilo em que acredita sobre si mesmo. Enquanto Brienne o confronta sobre as promessas que fizera, que representam quem ele se tornou, Jaime possui apenas um objetivo em mente: reunir-se com a irmã do modo como eles costumavam se relacionar.

Porém, Cersei também mudou. Os seus sentimentos por Jaime estão confusos; ela tem a sensação de que foi abandonada pelo irmão, e agora ele retornou ferido, o que faz com que, em sua mente, ele se torne um homem inferior ao que fora. Além disso, Tywin quer que Jaime saia da Guarda Real e assuma o controle de Rochedo Casterly, a fortaleza Lannister, para continuar o legado da família. No entanto, Jaime se recusa e decide permanecer na Guarda Real e em Porto Real para ficar perto de Cersei. Ao fazer isso, ele se depara com uma nova realidade: repudiado pelo pai, repulsivo à sua amante, um guerreiro maneta que não possui mais suas antigas habilidades de combate. Quem ele é agora?

NIKOLAJ COSTER-WALDAU: Acho que há uma parte de Jaime que quer fingir que nada mudou e que, quando ele voltar para Porto Real, as coisas voltarão a ser como eram. Há um momento em que Brienne o confronta sobre as suas promessas e ele só quer que ela o deixe voltar para a sua vida, mas ele sabe que não pode.

GWENDOLINE CHRISTIE: Em Shakespeare, quando as pessoas entram numa mata, isso em geral simboliza confusão. É a sensação que eu tenho com a situação deles: eles partem juntos para encontrarem a si mesmos. Acho que é muito corajoso da parte de Brienne lembrar Jaime de suas promessas, mas ela também o está lembrando do relacionamento deles, dessa amizade que criaram. É difícil ser tão franco assim, mas o reconhecimento dele de suas promessas e o fato de lhes dar uma forma física [a armadura dela] é incrivelmente simbólico. Isso mostra a aceitação da parte dele de quem ela é como mulher e a confiança que tem nela como guerreira.

NIKOLAJ COSTER-WALDAU: Às vezes você ouve histórias de grandes traumas, ou, nesse caso, a perda da perícia de Jaime com espadas e a perda da mão. Acho que isso o forçou a descobrir quem ele é. Acho que a capacidade de compreender as pessoas e a sua moralidade estavam lá o tempo todo, mas a situação está fazendo com que elas venham à tona. Ele também sabe que a irmã não é como ele quer que ela seja – é como se ela sentisse repugnância por ele, e o presente da mão de ouro é uma tentativa de deixá-lo inteiro de novo. Tem algo muito *errado* nisso. O ultraje dela com a partida de Jaime mostra que o relacionamento deles possui essencialmente só um lado. Tudo gira em torno das necessidades dela, do momento em que ela pode encaixá-lo em sua vida. Acho que ele considera isso injusto, mas aceita. É como eles sempre foram.

LENA HEADEY: Eu sei que Jaime ama Cersei. Eu questiono se ela o ama, ou se encontra alguma segurança nele. Sempre acreditei que ela realmente gostaria de *ser* ele, de ter a liberdade de lutar. Ela acredita que é mais inteligente, mas está confinada a ser uma mulher. Acho que falta a parte que ela mais admirava nele, o que a mão da espada representava – a sexualidade e a força dele. Era aí que se encontrava a inveja, e agora essa parte não existe mais. Ela não gosta da vulnerabilidade dele.

O Julgamento de Tyrion

"Eu não matei Joffrey, mas queria ter matado. Ver o seu bastardo cruel morrer me deu mais prazer do que mil vadias mentirosas."

— Tyrion Lannister

Tyrion Lannister sempre soube que o pai o odiava, mas até mesmo ele fica surpreso ao ser acusado do assassinato de Joffrey pela própria irmã e levado a um julgamento público por um crime que não cometeu. Contudo, Cersei, aparentemente enlouquecida pela dor, está determinada a destruir o irmão por assassinar seu filho.

Tywin Lannister vê isso como uma oportunidade de se livrar do filho que despreza. Ao mesmo tempo, Tywin usa a vida de Tyrion como um modo de controlar Jaime e forçá-lo a aceitar o papel de Senhor de Rochedo Casterly. Jaime Lannister se vê entre a lealdade a um irmão que ele sabe que é inocente e seus sentimentos por uma irmã que ele ainda ama de forma irracional. Uma vez que não pode impedir o julgamento, ele concorda com os termos de Tywin em troca de uma promessa pela segurança de Tyrion.

Durante o julgamento, em uma corte repleta de bajuladores e objetivos ocultos, testemunhas falsas se revezam ao acusar Tyrion de propósitos malévolos, e ele começa a perceber que sua vida realmente corre perigo. E o pior de tudo é que a mulher que ele adora de verdade - Shae - o trai e mente para a corte. O testemunho dela faz Tyrion perder o controle e, num momento de pura fúria, ele descarta o acordo que o baniria para a Muralha e deixa o seu destino nas mãos dos deuses.

Seria impossível vencer essa disputa, mas Oberyn Martell concorda em lutar por Tyrion. Oberyn está menos interessado em salvar Tyrion do que em realizar o próprio desejo: descobrir a verdade sobre o assassinato da irmã e matar a Montanha. Oberyn é bem-sucedido nisso, pouco antes de a Montanha retribuir o favor.

BENIOFF E WEISS: Tyrion está vendo todo o desprezo de seu pai e de sua irmã – e toda a raiva com que os retribui – complicarem de vez a sua vida. Por algo que ele não fez. De certo modo, ele é experiente demais para se prender muito ao fato de que é inocente. Mas, de um modo mais profundo, o fato de a sua própria família querer executá-lo por algo que não fez... isso o machuca bastante, como é provado no final da temporada.

BRYAN COGMAN: Escrever a sequência do julgamento foi bastante divertido e desafiador. Eu pude brincar com todos os elementos da clássica "ficção jurídica", mas tive que ter cuidado para não parecer anacrônico ou transformar a cena numa paródia. A armadilha era acabar criando um *Law and Order: Westeros.* Tomamos a decisão de fazer o caso contra Tyrion baseado em grande parte em eventos reais que aconteceram na série (com uma ou duas exceções), embora distorcidos por Cersei para fazer Tyrion parecer culpado do assassinato de Joffrey. Mas, no fim, as encenações teatrais e a trama são secundárias ao fato de que essa longa sequência é essencialmente uma cena entre os irmãos Lannister e seu pai – uma cena que existe quase que inteiramente nos olhares e nas reações entre eles e na história familiar fervilhando bem abaixo da superfície. O diretor Alik Sakharov foi particularmente cuidadoso com isso, capturando uma penca de tomadas com as reações de Peter, Nikolaj, Lena e Charles, que acabam sendo de fato a espinha dorsal da sequência. Peter está extraordinário nessa cena – por fim, ele não aguenta mais e deixa que seu pai e o povo de Porto Real saibam o que ele de fato pensa deles. "Sou culpado de ser um anão!" é uma declaração tão poderosa – uma fala fantástica de George extraída diretamente do livro.

CHARLES DANCE: Já me acostumei bastante ao modo como Tywin se comporta. O que percebi é que ele de fato não deixará que nada o impeça de atingir os seus objetivos. Com o passar do tempo eu me perguntei se não haveria algum momento ínfimo de arrependimento por isso, mas esse pequeno elemento é só uma impressão. Nada mais. As pessoas que ele recruta para o julgamento como juízes são aquelas que ele escolheu como fantoches. Ele não acha que Tyrion seja culpado, mas o quer fora de cena, e a situação é conveniente.

NIKOLAJ COSTER-WALDAU: Na minha cabeça, é bastante simples. Se Jaime achasse que Tyrion tivesse matado Joffrey, ele poderia compreender a obsessão da irmã de matar o seu irmão, mas ele sabe que Tyrion não o matou. Ele acha que a irmã está fazendo dois jogos ao mesmo tempo: ela está magoada e desolada, mas não sei se ele realmente acha que ela acredita mesmo naquilo. Ele desconfia que a coisa toda tem mais a ver com controlar o reino ao se livrar de vez de Tyrion, deixando apenas Jaime e o pai.

LENA HEADEY: Naquele momento, quando Joffrey morre, não tenho a menor dúvida de que Cersei acredita que Tyrion é o culpado. Se ela fosse capaz de se abrir à realidade de como os outros viam Joffrey, talvez pudesse ser diferente, mas na cabeça dela é algo completamente lógico. O julgamento é o seu único ponto de sanidade agora. Se ela puder linchá-lo, se puder lhe causar alguma dor, talvez reencontre alguma paz. Ela pegou tudo o que lhe restava e se concentrou em um único objetivo. Para destruir Tyrion, ela está disposta inclusive a destruir a si mesma. Ela o considera responsável por tudo, pela morte de sua mãe e por mandar Myrcella para longe, e quer machucá-lo. O fato de Jaime, o homem em quem ela *mais* confia, não tomar o seu partido é uma traição que a deixa completamente sozinha em Porto Real.

PETER DINKLAGE: Até o momento em que Shae chega, tudo é previsto por Tyrion. Ele sabe exatamente como cada um vai se comportar. É mais esperto do que os outros.

Antes de começar o julgamento, Tyrion tentou salvar Shae mandando-a embora e fazendo-a acreditar que ele não se importava. Ele estava preparado para sacrificar a própria felicidade para salvá-la. À medida que a temporada avançava, pensei bastante sobre pessoas que merecem certas coisas, e Tyrion sem dúvida acha que merece seu sobrenome Lannister, mas não sei bem se ele acha que merece ser amado. É muito triste, mas acho que ele simplesmente não sabe como lutar por ela.

O momento em que Shae fica diante dele e o trai, mentindo para o tribunal, é decisivo. Ele não achava que ela fosse capaz de fazer aquilo. No fim das contas, esse é o momento em que tudo se torna um pesadelo para Tyrion. Quando ele começa a falar sobre as coisas pelas quais realmente está sendo julgado, é por causa de Shae. Ele não tem nada a perder; está ferrado de qualquer forma, então há uma sensação de libertação nessa hora. Mas é interessante, porque ninguém o encara como nada além do homenzinho dizendo poucas e boas, a não ser Oberyn. Ele é o único que presta atenção.

PEDRO PASCAL: A minha primeira cena em *Game of Thrones* foi em uma cela com Peter Dinklage, concordando em lutar por Tyrion no julgamento por combate contra a Montanha. Foi basicamente um batismo de fogo. Oberyn na verdade não deveria tomar o partido de um Lannister, mas há algo em Tyrion que ele respeita. Apesar do nome, Tyrion é um homem que nasceu sem nada a seu favor, e Oberyn vê uma espécie de espírito irmão nele. Mas, no fim, essa escolha se resume à chance de chegar perto da Montanha, que para Oberyn sempre foi o alvo. Ele é completamente impelido pelo ódio, mas, ao contrário de Cersei, não se deixa cegar pelo sentimento. Ele vê que Tyrion é alguém que transcende o nome de sua família, ou convenções sociais, e que, apesar de suas desvantagens, é mais corajoso do que qualquer um à sua volta. Ser capaz de salvar um homem como Tyrion é um bônus para ele.

PETER DINKLAGE: Quando a Montanha encontra forças para matar Oberyn, parece mesmo que não resta mais esperança alguma. É o fim de diversas formas. Sem dúvida é o momento mais sombrio da vida de Tyrion até então, mas ele não viveu por tanto tempo sem encontrar um lampejo de esperança. Fico pensando se mesmo nesse momento ele sabe que Jaime o ajudará.

PEDRO PASCAL: Morrer foi diferente para mim em *Game of Thrones*. Eu já fui morto antes, e acho até que é legal, mas dessa vez eu não conseguia me desapegar do que a morte significava para a narrativa, coisa que nunca tinha me acontecido antes. Eu não conseguia parar de pensar no fato de Oberyn estar nessa jornada para vingar sua irmã e os filhos dela, em como era emocionalmente brutal para alguém tão gracioso e bom morrer daquele jeito. Foi horrível escutar Ellaria gritar daquele jeito. É a personificação absoluta da dor daquele momento.

[PÁGINA AO LADO] ***Os juízes se sentam para o julgamento de Tyrion Lannister.***

— A FUGA DE TYRION LANNISTER —
EPISÓDIO 10: "OS FILHOS"

"CONFIE EM MIM, MEU AMIGO. EU O TROUXE ATÉ AQUI."

— VARYS

Nada sai de acordo com os planos durante o julgamento por combate de Tyrion. A Montanha, à beira da morte e obrigado a confessar os crimes hediondos dos quais Oberyn Martell o acusa, ainda assim consegue matar Oberyn. Enquanto os últimos ecos dos gritos de Ellaria Sand se perdem na arena, Tywin Lannister sentencia o próprio filho à morte, e Tyrion é levado de volta à cela para aguardar a execução.

Porém, Jaime Lannister é incapaz de suportar a ideia de seu próprio irmão ser executado por um crime no qual não teve participação. Jaime combina com Varys para retirar Tyrion do país e fazê-lo cruzar o Mar Estreito até Essos. No entanto, em vez de fugir imediatamente, Tyrion vai primeiro até os aposentos do pai. Lá ele encontra Shae, cuja presença deixa claro que sua traição a Tyrion é completa. Eles lutam, e Tyrion acaba matando Shae. Chocado com o que fez, e tomado por várias emoções, Tyrion em seguida encontra e mata Tywin de um modo e em um lugar que nenhum dos dois esperava.

[ACIMA] *Jaime ajuda Tyrion a escapar.* [PÁGINA AO LADO] *Tyrion se encontra em uma encruzilhada.*

ALEX GRAVES: Tivemos um longo ensaio antes de filmarmos Tyrion e Shae porque não queríamos que ninguém se machucasse. Eu também não havia encontrado uma maneira de expressar o quanto aquela situação era terrível para os dois. Começou com Tyrion em cima de Shae e a estrangulando, mas então tive a ideia de Tyrion cair da cama sem soltá-la. Foi incrível como Sibel encontrou o jeito perfeito de ser puxada. A coisa toda acabou se tornando algo perfeitamente *terrível*.

PETER DINKLAGE: O modo como a morte de Shae é escrita é como eu acho que a violência ocorre na vida real, na verdade. Ela tinha uma faca e o teria matado – acontece tão depressa, e então alguém está morto, e ninguém sabe direito o que aconteceu. Ele se desculpa menos por matá-la e mais por levá-la àquele mundo. Realisticamente falando, por quanto tempo uma relação com o pai dele iria durar até que Cersei a descobrisse ou algo assim? Ela teria sobrevivido fora do mundo dos Lannister, sem dúvida. Mas ele sabia, desde o dia em que a conheceu e a levou para aquela comunidade de pessoas horríveis, que ela estava condenada.

SIBEL KEKILLI: Há algo definitivamente deliberado na escolha de Shae de ficar com Tywin. Ele é o homem mais poderoso com quem ela pode estar, mas também é o pai de Tyrion. É a pior coisa que ela poderia fazer com ele. Naqueles últimos instantes, quando Tyrion a descobre na cama de Tywin, há um sentimento de tristeza e vergonha imensas. Os dois parecem tão vulneráveis naquele momento. Para mim, pegar a faca parece quase um reflexo. Ela luta quando ele começa a estrangulá-la, mas então há um momento de quase aceitação. A sensação que tenho é de que parece uma perda, que eles poderiam ter sido felizes se ao menos tivessem sido deixados em paz.

PETER DINKLAGE: Naquele momento, quando Jaime liberta Tyrion e ele toma o caminho contrário da liberdade, não acho que ele tivesse qualquer intenção de matar o pai. David [Benioff] e Dan [Weiss] pensam o contrário, mas, na minha cabeça, é um momento muito puro, na verdade. Só depois de matar Shae é que ele encontra a besta, e naquele momento ele precisa ouvir a verdade do pai. É tudo de que ele precisa. Odeio a palavra, mas ele precisa de um *desfecho* para aquela situação.

CHARLES DANCE: Adorei trabalhar na série. De certa forma, eu queria que não fosse tão cedo, mas Tywin sempre teve de morrer de um jeito espetacular. Foi muito apropriado para o seu fim. A Casa Lannister meio que se implodiu nessa temporada. Acho que as pessoas sentirão falta de Tywin depois que ele tiver morrido, mas vão ficar satisfeitas com o modo como ele morre.

ALEX GRAVES: Acho que Tyrion ficou meio louco depois da morte de Shae. Nunca me senti à vontade com a ideia de que ele poderia matar uma mulher que amava tanto. Eu queria que houvesse o corredor longo por onde poderíamos seguir Tyrion para passar a ideia de que quem quer que ele encontrasse pelo caminho estaria em sérios apuros. Eu não sabia direito qual seria o efeito dramático de encontrar Tywin na privada. É tão desconfortável visualmente, mas também estamos olhando para alguém que não sabe de fato com o que está lidando. No fim, eu quis concentrar a intensidade da relação deles filmando em *closes* seus rostos, para capturar cada olhar trocado.

PETER DINKLAGE: Não há nada de digno na morte de Tywin. Acho que ela é perfeita. Ele não podia morrer em um campo de batalha porque ele é bom demais. Ele jamais morreria de coração partido; ele é frio demais. É simplesmente perfeita. É o único lugar em que ele é vulnerável, mas o que foi incrível é que não houve qualquer traço de embaraço na atuação. Era apenas Tywin, lidando com o que estava sendo apresentado a ele. Foi a última cena de Charles na série inteira, então havia uma certa tristeza em volta dela. Vou sentir falta de trabalhar com Charles. Ele é simplesmente um dos melhores atores com quem já trabalhei.

BENIOFF E WEISS: Tyrion esteve sentado na sua cela, indefeso, quase que com certeza tendo pensamentos inúteis sobre assassinar o pai que o deixara apodrecendo ali... mas a decisão de matar Tywin de fato tem de acontecer no momento, já que ele depara com a oportunidade de uma forma tão súbita e inesperada. É uma manobra desastrosa em vários sentidos... mas Tyrion sem dúvida possui um traço de impulsividade. Assassinato costuma ser uma ação impulsiva, é claro. Mas também é verdade que esse impulso em particular vinha crescendo dentro dele por um bom tempo.

Teremos que ver para onde ele vai na quinta temporada... mas os assassinatos sem dúvida destroem algo dentro dele. Essas duas pessoas o definiam de muitas formas, para o bem ou para o mal. Matá-las é como matar grandes pedaços de si mesmo.

Charles Dance foi um dos três atores que sabíamos que queríamos desde o momento em que terminamos o primeiro livro de George (os outros dois eram Peter Dinklage e Sean Bean). A morte dele cria um vazio imenso no mundo da série. Ele podia não hesitar para tomar decisões impopulares... mas esperem para ver o que acontece quando o único cara que estava realmente no comando já não está mais em cena. Sentiremos muita falta de Charles.

[PÁGINA AO LADO] ***O homem mais poderoso de Westeros tem um fim indigno.***

Parte Seis

NA ESTRADA

"Sabe de que tipo de histórias homens pobres mais gostam? Histórias sobre garotas ricas que eles nunca conhecerão."

— Mindinho

Jaime Lannister e Brienne de Tarth podem ter retornado a Porto Real, mas as estradas de Westeros permanecem movimentadas com as idas e vindas de viajantes cujas missões são tão diferentes quanto os seus destinos.

Após ser bem-sucedido na conquista do Norte por meio da traição, Roose Bolton volta para casa em Forte do Pavor e descobre que Ramsay esteve ocupado em sua ausência. Embora até agora todas as tentativas de forçar Balon Greyjoy a abrir mão de Fosso Cailin tenham fracassado, isso pode mudar com a ajuda da mais nova criação de Ramsay: o alquebrado e lastimável Fedor.

Sansa Stark finalmente escapou de Porto Real e encontrou refúgio no Ninho da Águia sob a proteção de sua tia, Lysa Arryn. Contudo, o seu destino ainda parece incerto. Sansa precisa ocultar sua identidade para a própria segurança, e, a não ser que consiga virar o jogo, ela se encontra uma vez mais sob o controle de um homem em cujas intenções ela não confia, o maquinador Mindinho.

Quanto a Arya Stark, escapar por pouco do Casamento Vermelho apenas reforçou seu desejo de vingança. Apesar de ser agora uma relutante cativa do bruto mercenário chamado Cão de Caça, Arya descobre que, se quiser aprender a matar, ela está com o melhor professor possível.

CASA BOLTON:
UMA BREVE HISTÓRIA

"TEMOS ESFOLADO OS NOSSOS INIMIGOS HÁ MIL ANOS."

— RAMSAY SNOW

COMO UMA DAS CASAS MAIS ANTIGAS E PODEROSAS DO NORTE, a Casa Bolton ganhou uma reputação pela brutalidade de seu costume de tirar a pele de seus inimigos e exibi-la dentro do Forte do Pavor, a fortaleza que é a sede de sua casa. Há rumores em abundância de que alguns dos membros da família inclusive usavam as peles como mantos.

Durante séculos, os Bolton foram os principais rivais dos Stark pelo controle do Norte. Então, há mil anos, Harlon Stark reprimiu uma revolta dos Bolton com um cerco de dois anos ao Forte do Pavor. Depois disso, os Bolton juraram renunciar à prática do esfolamento e permaneceram vassalos fiéis dos Stark. Isto é, até Roose Bolton trair Robb Stark no Casamento Vermelho e se aliar aos Lannister. Agora, como Protetor do Norte, Roose controla Winterfell e, com a ajuda de seu filho bastardo, Ramsay Snow, está tentando solidificar o domínio dos Bolton sobre o Norte.

Embora os Bolton possam ter tomado da Casa Stark o título de Protetor do Norte, seu controle está longe de ser absoluto. Balon Greyjoy reivindicou o título de Rei das Ilhas de Ferro, e suas forças mantêm o controle estratégico da importante fortificação de Fosso Cailin, bloqueando a passagem de embarcações provenientes do Sul. Os habitantes das Ilhas de Ferro são lendários por sua resiliência, e a habilidade de seus guerreiros provavelmente custaria à Casa Bolton homens que ela não pode se dar ao luxo de perder, criando um dilema para o novo Protetor e um desafio para o seu filho.

Para Ramsay, essa é a chance pela qual ele vinha esperando a vida inteira: ganhar a aprovação do pai e reivindicar o nome Bolton. Após meses de manipulação e tortura, ele transformou Theon Greyjoy em um mero fantoche, uma criatura lastimável conhecida como Fedor. Quando surge a oportunidade de usar seu novo brinquedo em uma versão deturpada do cavalo de Troia com os sitiados de ferro em Fosso Cailin, ele testa a lealdade de Fedor ao mandá-lo fazer o "papel" de Theon e ao mesmo tempo negar a própria identidade.

[DUPLA ANTERIOR] *A chegada sorrateira de Sansa ao Ninho da Águia.* [ACIMA] *Ramsay lidera os seus vassalos Bolton.* [PÁGINA AO LADO] *Árvore genealógica da Casa Bolton.*

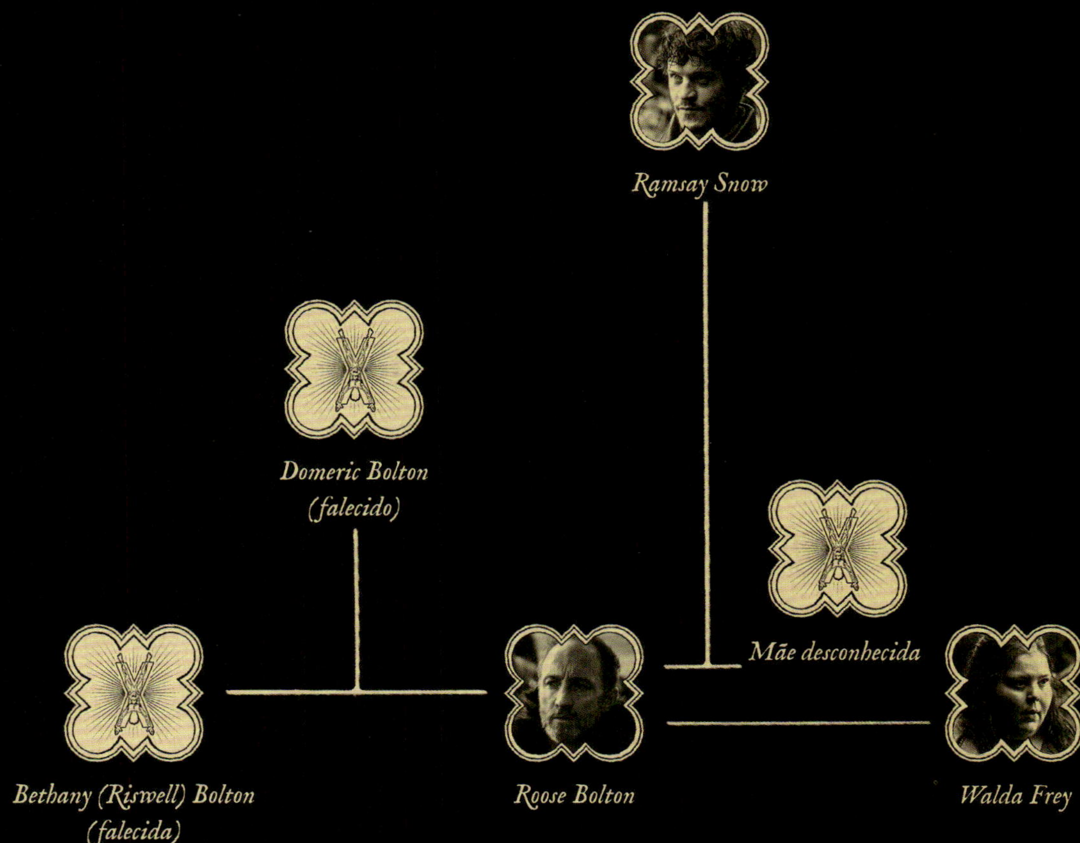

CASA BOLTON

Sede:
FORTE DO PAVOR

Símbolo:
UM HOMEM ESFOLADO

NOSSAS LÂMINAS SÃO AFIADAS

— CRIANDO A SANSA SOMBRIA —

"NA PRIMEIRA VEZ EM QUE A VI, VOCÊ ERA SÓ UMA CRIANÇA. UMA GAROTA DO NORTE RECÉM-CHEGADA À CAPITAL. VOCÊ NÃO É MAIS UMA CRIANÇA."

— PETYR BAELISH

Implicada no assassinato do Rei Joffrey, Sansa Stark escapa do inferno de Porto Real na companhia do homem potencialmente mais perigoso que ela já conheceu: Petyr Baelish, ou Mindinho, um sujeito de motivos obscuros, mas de óbvia ambição. Mindinho já amou a mãe de Sansa e afirmou amar Lysa, a tia de Sansa – isto é, até arremessá-la para a morte por atacar Sansa em um acesso de fúria ciumenta. Como única testemunha do crime, Sansa precisa fazer uma escolha: permitirá que se torne um peão no jogo de outro homem? Ou aplicará as lições aprendidas no mundo maquiavélico de Porto Real e se tornará ela mesma uma jogadora? Após manipular de forma bem-sucedida a audiência que quase condenou Baelish e começar a assumir o controle do Vale por meio do primo, Sansa adota um novo visual dramático para refletir sua nova atitude.

SOPHIE TURNER: Sansa sempre teve uma força interior, mas foi bastante oprimida durante as três últimas temporadas. Ela pôde decidir muito poucas coisas em sua própria vida. Acho que é isso que a faz chegar à conclusão de que é hora de tomar as próprias decisões e ser ela mesma, em vez de ficar confinada às expectativas que outras pessoas têm de como ela deveria ser. O momento, em que o novo visual é revelado, é ótimo, e percebemos que ela é uma força que não pode ser menosprezada. É a representação perfeita do quanto outras pessoas subestimaram tanto a sua força quanto a sua inteligência.

MICHELE CLAPTON: David e Dan vieram com a ideia de uma transformação para Sansa. Eles queriam que ela fosse uma mulher independente em vez de uma vítima. Adorei a ideia, mas não sabia muito bem como faria isso. Odeio aquela coisa da fantasia onde as coisas aparecem por mágica. O vestido tinha de ser algo que podia ser adaptado de roupas que ela já possuísse, usando materiais aos quais ela tivesse acesso. Assim, a forma não é radicalmente diferente. Se ela está pintando o cabelo, pode tingir alguns tecidos. A intenção é passar a ideia de que ela renasceu de certa forma, ao mesmo tempo em que está de luto por tudo o que perdeu. Sabemos que ela tem essa habilidade porque a vimos costurando desde a primeira temporada, mas gostei da ideia de que, depois disso, ela não quer mais costurar. A peça de metal é na verdade uma miniatura da espada de Arya, Agulha, e a ideia é de que há uma argola nela ligada a uma corrente e de que o objeto serve como sua arma. Gosto quando ela o carrega ao descer as escadas; agora ela está armada, e a arma é um elo com sua família.

É muito fácil fazer alguém parecer forte, mas, se você não pensar na história, acaba sendo um gesto desperdiçado. Ela talvez pudesse ter parecido ainda mais impressionante se eu tivesse argumentado de onde os materiais diferentes poderiam ter vindo, mas, no fim, o visual acaba sendo mais forte se for uma transição verossímil.

[ACIMA] *Desenhos para a roupa da nova Sansa Sombria.* [PÁGINA AO LADO] *Uma guerreira recém-nascida escolhe a sua armadura externa.* [PRÓXIMA DUPLA] *Sansa recebe um lembrete para nunca acreditar na segurança obtida com facilidade demais.*

Arya e o Cão de Caça

"O ódio é tão bom quanto qualquer outra coisa para servir de estímulo. Melhor que a maioria das outras."

— Cão de Caça

Desde a fuga da Irmandade sem Estandartes, Arya Stark tem sido uma cativa relutante de Sandor Clegane, o Cão de Caça. A dinâmica entre o guerreiro brutal e a jovem fugitiva muda após os dois testemunharem a carnificina do Casamento Vermelho, e o Cão de Caça decide levar Arya até Lysa Arryn no Ninho da Águia, a centenas de quilômetros de distância, para exigir um resgate.

Enquanto seguem pelo interior, Arya e o Cão de Caça enfrentam os desafios de uma terra assolada por guerras, bandidos, saqueadores e soldados inimigos por todos os lados. O Cão de Caça começa a apreciar a determinação de Arya de se vingar daqueles que a prejudicaram e passa a estimular os talentos dela como assassina. Arya, por sua vez, começa a sentir solidariedade por Sandor Clegane ao descobrir mais sobre a sua história e as suas motivações. Isso se torna um problema, já que o nome do Cão de Caça faz parte da prece que Arya recita com a lista das pessoas que deseja matar.

BENIOFF E WEISS: Essas cenas foram as que mais nos deram prazer de escrever, filmar e ver. Maisie e Rory funcionam num nível que pede uma série *spin-off*. Infelizmente, considerando como essa temporada termina, isso vai ser difícil. Porém, a maior prova da qualidade do trabalho dos dois durante essa temporada é a tristeza devastadora que sentimos na cena final deles. Não nos sentiríamos assim se esses personagens não tivessem encontrado um lugar em nosso coração sombrio e cruel.

O Cão de Caça mostra a Arya como ser a pessoa que ela precisa ser. É claro, essas lições a transformam. São lições brutais. Mas a experiência de Arya também foi brutal. Apesar de todas as coisas horríveis que o Cão de Caça faz, não foi ele quem destruiu a vida de Arya. Bem, a não ser pelo filho do açougueiro. Mas, enfim, às vezes um filho de açougueiro simplesmente precisa partir.

RORY MCCANN: Quando o Cão de Caça percebe que Arya está sozinha, há uma sensação de que ele a está protegendo e acompanhando o seu progresso. Ele parece não se incomodar com essas missões paralelas dela e oferece sugestões e pede para ser avisado com antecedência. É bastante divertido, de certa forma, como se ela estivesse fazendo um intensivo de assassinato.

BRYAN COGMAN: Rory é grande, durão e intimidador, mas o que torna o seu Cão de Caça tão instigante é aquela tristeza, aquele cansaço em seus olhos. Rory se tornou assustadoramente bom nas variações de humor do Cão de Caça, passando de vulnerável e quase afável para selvagem, aterrorizante e perigoso. Ele meio que se torna aos poucos um personagem principal para os telespectadores e está em sua melhor forma na terceira e na quarta temporadas.

MAISIE WILLIAMS (ARYA STARK): Perto do final da terceira temporada, Arya percebe que precisa fazer uma escolha para sobreviver. Ela está mais segura com o Cão de Caça do que estaria sem ele, apesar do fato de odiá-lo. Mais tarde, na quarta temporada, acho que ela começa a compreender que a perspectiva dela havia sido bastante limitada, e, conforme começa a seguir os conselhos do Cão de Caça, ela mesma se torna bastante impiedosa.

RORY MCCANN: De um jeito estranho, há ecos do relacionamento de Arya com o pai, Ned, e de como ele encorajava o desejo dela de lutar. O interessante é o fato de que ela foi totalmente honesta sobre ter incluído o nome do Cão de Caça na sua prece, mas ele continua a cuidar dela. Sem dúvida há algo de que ele gosta em relação à honestidade e ao modo como ela é direta, porque ela consegue fazê-lo falar sobre as cicatrizes que o irmão lhe deu. Duvido que ele já tenha se aberto antes. Duvido que alguém já tenha lhe feito essa pergunta.

[PÁGINA AO LADO] *O Cão de Caça e Arya começam a se entender.* [ACIMA] *Arya aprende a lutar sujo.*

— BRIENNE CONTRA O CÃO DE CAÇA —

"VOCÊ OUVIU A GAROTA. ELA NÃO VAI COM VOCÊ."

— CÃO DE CAÇA

Em Porto Real, Brienne de Tarth concorda em cumprir o juramento que Jaime Lannister fez a Catelyn Stark: encontrar e proteger as garotas, Arya e Sansa. Na estrada em Westeros, Brienne cruza de forma inesperada o caminho de Arya e do Cão de Caça, Sandor Clegane. Brienne tenta convencer Arya a deixar o Cão de Caça e a ir com ela, mas Arya reluta. Ao ver a espada Lannister de Brienne, o Cão de Caça desconfia de imediato de seus verdadeiros motivos. Quando Brienne declara a sua intenção de levar Arya de volta de um jeito ou de outro, o Cão de Caça desembainha a sua espada, e um duelo entre dois dos maiores guerreiros de Westeros tem início.

PAUL HERBERT (COORDENADOR DE DUBLÊS): Primeiro, nós avaliamos a locação e usamos as sequências do roteiro para fazer um mapa geral da luta antes de elaborar toda a coreografia. Mostramos fotos da área aos atores, para que eles pudessem ter uma imagem mental do terreno. Treinamos a luta em partes, de modo que poderíamos inverter a ordem caso houvesse alguma mudança quando chegássemos à locação.

O ideal é usar os atores tanto quanto possível – certamente para qualquer *close*, e então o máximo possível sem colocar ninguém em risco. Quando trazemos os dublês, em geral é para elementos que são filmados à distância ou combinados com o outro ator voltado para a câmera. Descobri que isso na verdade ajuda os atores a relaxar, porque, caso errem um movimento, o dublê pode compensar e fazer os ajustes necessários. Essa sequência em particular levou cerca de três semanas para ser aperfeiçoada com os atores treinando.

GWENDOLINE CHRISTIE: O duelo foi uma das coisas mais extraordinárias por que já passei. Rory e eu somos muito dedicados aos nossos personagens e a retratá-los bem. Estávamos totalmente concentrados em executar essa sequência. Você sabe que as pessoas querem ver algo magnífico quando esses dois famosos guerreiros se enfrentam. Rory e eu demos tudo de nós. Isso significa que a situação é mais pessoal: você quer experimentar os elementos da luta do modo que o seu personagem experimentaria e também reagir como ele. Não sei como o duelo será recebido, mas sem dúvida foi uma das melhores coisas que já fiz.

RORY MCCANN: Foi incrível trabalhar com Gwen. Aquela mulher tem uma risada que faz aviões sacudirem. Ela é ótima. Quando chegou a hora de brandirmos espadas um contra o outro, às vezes eu tinha que parar e me lembrar de que, embora nós dois tenhamos a mesma altura, eu sou um sujeito muito grande e tenho cortado árvores a vida inteira. Mas, minha nossa, ela é durona. Alguma coisa acontece quando ela coloca a armadura. Você pode ver que ela se torna uma guerreira. De repente, ela tem 40% mais força e um jeito completamente diferente.

GWENDOLINE CHRISTIE: O que é demais em se trabalhar com Alex Graves é que ele lhe dá permissão para ir o mais longe que puder.

Tem um momento em que Brienne dá uma sequência de socos no rosto do Cão de Caça, e ela simplesmente não para até empurrá-lo do penhasco. Discutimos bastante as maneiras pelas quais poderíamos abordar essa situação – seria silenciosa ou vocal, geral ou pessoal, mecânica ou fria? No fim, filmamos três versões do empurrão final. Acabou se tornando uma sequência bastante desconcertante, que girou em torno de alguns dos sentimentos que ela podia estar tendo no momento, com os quais me identifico, mas é ela quem sai inteira daquilo.

RORY MCCANN: Para ser sincero, essa luta foi a minha favorita de todas as temporadas. Tive outras cenas de ação de destaque, mas foram bem desconfortáveis de filmar, fosse no calor da caverna ou em algum outro elemento. Estar na Islândia e naquela locação extraordinariamente especial... eu não queria mais ir embora.

[PÁGINA AO LADO] *Apesar da vitória, Brienne percebe que perdeu o seu prêmio, Arya.*
[ACIMA] *Dois gladiadores lutam pela supremacia.*

Parte Sete

TORNANDO-SE UMA RAINHA

"Farei o que as rainhas fazem. Vou governar."

— Daenerys Targaryen

Debaixo do sol do deserto em Essos, Daenerys Targaryen continua no caminho para o seu objetivo final: o Trono de Ferro. Mas, primeiro, está determinada a construir um exército por meio da conquista das três principais cidades da Baía dos Escravos: Astapor, Yunkai e Meereen. Em Astapor, Dany derrota os Bons Mestres e assume o comando dos guerreiros Imaculados. Em Yunkai, consegue o apoio dos Segundos Filhos e de seu novo líder, Daario Naharis, e com eles depõe os Sábios Mestres e instiga uma revolta dos escravos. Agora, Daenerys está diante do seu maior desafio: enfrentar os Grandes Mestres pelo controle da lendária e imensa cidade de Meereen, ao norte.

BAÍA DOS ESCRAVOS:
UMA BREVE HISTÓRIA

DORY JIM KOTAS TEBAGHO JIVA DERVE, SOMBAZI. LU JI EBAT, JIMI SYDLIVAS ZER MAZMAGHO.
["NINGUÉM PODE LHE DAR A SUA LIBERDADE, IRMÃO. SE VOCÊ A QUER, PRECISA TOMÁ-LA."]

— VERME CINZENTO

CERCA DE CINCO MIL ANOS ANTES DA GUERRA conhecida como Rebelião de Robert, a antiga cidade de Ghis era a capital do vasto e poderoso Império Ghiscari no continente de Essos. Fundado por Grazdan, o Grande, o local tinha suas terras férteis protegidas por uma legião aparentemente invencível e de terrível reputação. Então, no decorrer de uma sucessão de guerras, a Cidade Franca de Valíria e os seus dragões todo-poderosos devastaram o Império Ghiscari. Ghis, na costa do Golfo da Mágoa, foi reduzida a escombros. As construções foram queimadas pelos dragões até virarem cinzas e as terras outrora férteis foram semeadas com sal, enxofre e crânios.

Após a queda de Valíria, os remanescentes dispersos do povo ghiscari reconstruíram as três grandes cidades da Baía dos Escravos: Yunkai, Astapor e Meereen. Fazendo jus ao nome, a região ainda depende das riquezas trazidas pelo intenso comércio de escravos, supervisionado por mestres em cada cidade. Há poucos indícios da grande civilização ghiscari no presente, mas um elemento permanece: o símbolo da harpia. Essa criatura fantástica com torso de mulher, asas com garras, patas de águia e a cauda retorcida de um escorpião aparece em todas as cidades da Baía dos Escravos, uma lembrança simbólica do passado glorioso da região.

[DUPLA ANTERIOR] *Daenerys admira a recém-conquistada Baía dos Escravos.* [ACIMA] *Um mapa da Baía dos Escravos.* [PÁGINA AO LADO] *A Grande Pirâmide em Meereen assoma sobre a cidade com uma harpia dos senhores de escravos empoleirada no topo.*

— CRIANDO MEEREEN —

"CADA CIDADE QUE VOCÊ CONQUISTOU CABERIA DENTRO DE SUAS MURALHAS, E AINDA RESTARIA ESPAÇO PARA MAIS. DIZEM QUE MIL ESCRAVOS MORRERAM CONSTRUINDO A GRANDE PIRÂMIDE DE MEEREEN."

— MISSANDEI

Para Daenerys, o obstáculo mais formidável à conquista da Baía dos Escravos é a imensa cidade de Meereen, cujas muralhas poderiam abrigar as populações de Yunkai e Astapor. A Grande Pirâmide, construída por escravos séculos atrás, ergue-se muito acima da cidade. Também digno de nota é o Templo das Graças. Um dos muitos templos da cidade, o seu tamanho singular e a grande abóbada dourada formam mais um símbolo da riqueza da cidade.

Depois que conquista a cidade e crucifica os Grandes Mestres, Daenerys se instala nos aposentos no topo da Grande Pirâmide. Reivindicando o seu primeiro trono, ela reúne a corte na sala de audiências, dando início à sua transição para se tornar uma governante.

Para a criação da cidade de Meereen em si, o maior desafio para o departamento de arte foi a escala dos sets de interiores. Projetar Meereen foi uma das primeiras tarefas da nova designer de produção, Deb Riley, que assumiu o lugar de Gemma Jackson quando ela deixou a série, ao final da terceira temporada.

GEORGE R. R. MARTIN: Em se tratando de influências, eu evito usar uma única referência ou personagem histórica para criar algo como a Baía dos Escravos. Sem dúvida há elementos das sociedades babilônica e mesopotâmica da Antiguidade. Há fatores cartagineses e persas antigos. E, claro, há uma boa dose de criação puramente imaginativa. O truque é mesclar tudo para construir um mundo que seja inteiramente seu.

DEB RILEY: Eu me senti uma sortuda por entrar no mundo criado por Gemma Jackson. Isso me deu muita confiança. No caso dos novos mundos, foi uma questão de definir contrastes. Se Porto Real girava cada vez mais em torno da opulência, Meereen mostraria estruturas monolíticas e impressões austeras, porém intimidadoras, por meio de designs exóticos e vistosos. Foi maravilhoso poder trabalhar em um mundo que ainda não havia sido visto.

BRYAN COGMAN: Os desenhos de Deb Riley para Meereen em particular se destacam como totalmente diferentes de qualquer coisa que já tínhamos visto na série. A sala de audiências de Dany na Grande Pirâmide é tão grandiosa e com texturas tão bonitas – os telespectadores sem dúvida vão pensar que é algum palácio que encontramos na Croácia, mas não. É um estúdio em Belfast!

DEB RILEY: O maravilhoso a respeito da sala de audiências foi sermos capazes de construir um set pesado. Os modeladores ficaram muito orgulhosos dos seus elementos; você entra naquela sala e há uma ressonância e um peso no ar. Ela quase parece zunir quando entramos nela. David e Dan estavam determinados a deixar claro que o aposento ficava dentro de uma pirâmide, o que nos permitiu incluir o teto inclinado. A pirâmide obviamente era muito maior, e é por isso que apenas uma das paredes é inclinada, e esse também é o motivo pelo qual, nos aposentos de Dany, há a forma do pináculo.

TOM MARTIN: A sala de audiências era um set imenso com um teto de onze metros de altura. As paredes foram cobertas com muitos

tipos diferentes de painéis em relevo, cada um feito à mão com texturas próprias e acabamentos pintados para indicar os diferentes estágios de envelhecimento. Em volta da escadaria principal, construímos uma piscina rebaixada para captar a luz e refletir os motivos entalhados nas laterais da escadaria. O detalhamento da sala é enorme; no piso há centenas de lajes modeladas individualmente, cada uma pintada à mão. A parede atrás do trono é coberta por milhares de ladrilhos minúsculos que foram salientados com ouro e bronze.

DEB RILEY: Em geral, quando há a presença de uma pirâmide, pensamos no Egito. O fantástico a respeito dessa temporada é sermos capazes de incorporar mais coisas em termos de textura, e Meereen foi a oportunidade perfeita para isso. Quando olhamos para a arquitetura dos maias e as pirâmides de degraus, vemos uma quantidade tremenda de esculturas e iconografia que foi suavizada pelas intempéries, mas que permanece bonita. Como uma cidade de escravos, Meereen poderia ter criado essas construções em uma proporção gigantesca. Foi interessante imaginar o tipo de artesão habilidoso que teria de estar disponível para criar esses elementos texturizados.

TOM MARTIN: Em termos da equipe, os aposentos de Dany pareceram ser um dos sets mais populares da série. Acho que tem a ver com o fato de os acabamentos serem tão palpáveis e belos. Tendo em mente o calor do deserto, Deb e a sua equipe projetaram respiradouros intricados que permitiriam que a construção fosse resfriada, e cada um parecia entalhado na pedra. A inclusão dos biombos giratórios de madeira que podiam ser abertos para criar áreas diferentes foi crucial para o desenho do espaço. Havia seda de verdade espremida entre cada uma das armações, criando um efeito surpreendente quando a luz atravessava o tecido. O teto teve um acabamento com painéis de madeira de demolição irradiando do centro e sustentados por maciças vigas de madeira, enquanto o piso foi feito com imensas lajes artesanais pintadas à mão, cada uma envelhecida para refletir a idade da construção.

NATHALIE EMMANUEL (MISSANDEI): Nós entramos naqueles sets completos, vestindo roupas bonitas, e, quando olhamos para o trabalho, as centenas de elementos minúsculos, não tem como não mergulhar no momento. Os sentidos já vão absorvendo tudo o que nos cerca, e isso faz com que pareça quase natural estar dentro desse mundo.

[ACIMA] *Os aposentos de Daenerys.* [PÁGINA AO LADO] ***Daenerys tem de tomar uma decisão difícil.*** [PRÓXIMA DUPLA] ***Daenerys reivindica o seu primeiro trono de fato em Meereen.***

Daario Naharis

"Tenho apenas dois talentos neste mundo: guerra e mulheres."

— Daario Naharis

Nascido como filho bastardo de uma prostituta, Daario Naharis se tornou um guerreiro excepcional e destemido, acabando por assumir a posição de tenente dos mercenários Segundos Filhos. Daario encontra Daenerys pela primeira vez do lado de fora das muralhas de Yunkai, ao acompanhar os capitães Mero e Prendahl na Ghezn enquanto eles levavam em consideração a oferta de Daenerys: lutar por ela e abandonar o seu contrato de defender Yunkai para os Sábios Mestres. Mais tarde, os capitães, certos da vitória, decidem assassinar Daenerys, mas Daario está encantado demais com a beleza da jovem para permitir. Em vez disso, ele os mata e retorna a Daenerys, presenteando-a com as cabeças dos capitães como sinal de sua lealdade e com o exército dos Segundos Filhos para ajudá-la a conquistar Yunkai.

Em Meereen, Daario se oferece para um combate individual com o campeão da cidade. Quando derrota o campeão de maneira espetacular, Daario entrega a lealdade dos escravos da cidade, o que leva a uma revolta que permite que Daenerys capture Meereen. Apesar dos receios de seus conselheiros, Daenerys se vê atraída pelo novo líder dos Segundos Filhos, e eles logo se tornam amantes.

MICHIEL HUISMAN (DAARIO NAHARIS): É um papel dos sonhos. Interpretar um personagem tão durão, mas com um lado meio divertido – e um pouco de prepotência. Ele é um homem que se fez sozinho. Não nasceu numa família de cavaleiros. Não é da realeza. Ele se fez do nada – essas são ótimas características para se explorar. Daario é seguro de si e não tem nenhuma vergonha disso. Acho que isso contribuiu para a atração que ele exerce.

EMILIA CLARKE: Na minha cabeça, Dany jamais vai amar alguém como amou Khal Drogo, mas ela está se tornando uma pessoa diferente. Assumir o controle da sua feminilidade recém-descoberta trouxe à tona suas próprias necessidades e seus próprios desejos. Acho que ela está testando a sua confiança em Daario; de certa maneira, ele é um pouco um brinquedo. Acima de tudo, ela está aprendendo a ser uma líder, uma comandante, uma rainha e então uma mulher – nessa ordem. Ela sempre tem esses vários papéis em mente. Ainda que ela desfrute de Daario, ele é essencialmente um de seus soldados. Ela precisa ser capaz de colocá-lo na posição mais estratégica para as suas necessidades. Ela também é uma mulher, e não tem a liberdade que um governante homem teria para semear a sua semente. Ela sabe que não pode se envolver com nada além dos seus bebês [os dragões] e da sua missão, ainda mais com alguém que não dá a mínima para as regras.

MICHIEL HUISMAN: Em se tratando da sua relação com Dany, está claro que ele é atraído pela beleza dela, mas ele vive por duas coisas: luta e mulheres. Ele a vê como a mulher ideal porque ela possui beleza e essa força subjacente. Ela também possui uma vulnerabilidade – ela se importa com o povo –, e Daario reconhece que ele mesmo não possui esse tipo de sentimento. Daario percebe que, ao ficar perto dela, ele pode crescer. Apesar de estar ciente dos sentimentos de Jorah e de respeitá-lo, ele ainda assim quer estar com Dany, e é o que vai fazer. Isso cria um conflito que não ocorre com Verme Cinzento. Acho que Daario está tentando pressionar Verme Cinzento de uma maneira que um irmão mais velho faria, para tentar tirá-lo de sua concha.

VERME CINZENTO

"'VERME CINZENTO' ME DÁ ORGULHO. É UM NOME DE SORTE. O NOME COM QUE ESTE NASCEU ERA AMALDIÇOADO. ERA O NOME QUE ELE TINHA QUANDO SE TORNOU ESCRAVO. MAS VERME CINZENTO É O NOME QUE ESTE TINHA NO DIA EM QUE DAENERYS FILHA DA TORMENTA O LIBERTOU."

— VERME CINZENTO

Verme Cinzento é o capitão eleito democraticamente do exército dos Imaculados. Ele foi escolhido para essa função após a derrota dos Bons Mestres em Astapor. Ele não se lembra da família ou da vida antes de se tornar um Imaculado, o que provavelmente se deve à pouca idade que tinha quando foi levado para ser treinado. Fervorosamente leal a Daenerys e à sua causa para libertar todos os escravos, Verme Cinzento provou ser um estrategista militar competente e uma peça valiosa para Daenerys em suas campanhas. Ele está aprendendo a confiar em seus instintos à medida que ganha confiança em si mesmo. Inicialmente capaz de falar apenas baixo valiriano, Verme Cinzento começou a aprender a língua comum sob a orientação paciente de Missandei.

JACOB ANDERSON: No início, eu estava confuso sobre o quanto da sua humanidade podia transparecer. Dan disse algo incrivelmente útil logo no começo: que eu devia pensar em Verme Cinzento como um trauma ambulante. Penso nele como humano em algum lugar no meio disso, mas com camadas tão grossas que é difícil de ver. Eu queria ter momentos minúsculos em que era possível ver essa humanidade. O mais difícil foi trabalhar com os diretores, David e Dan, para determinar quando isso pode acontecer e quanto pode ser exibido. Ele nunca foi coisa alguma. Nunca foi ninguém. Então, de repente, esse anjo aparece e diz: "Seja algo diferente, se assim quiser." A ideia de escolha é algo completamente estranho para ele.

EMILIA CLARKE: Ao pedir que os Imaculados votassem em seu novo líder, Dany adquiriu uma confiança imediata nas habilidades de Verme Cinzento. Acho que ela o olhou nos olhos e enxergou sua integridade. Ela viu alguém talvez não de confiança, mas que com certeza obedeceria a suas ordens quando exigido e que seria misericordioso quando necessário.

[PÁGINA AO LADO] *Daario enfrenta o campeão de Meereen.* [ACIMA] *Jacob Anderson interpreta o capitão dos Imaculados.*

MISSANDEI

PINDAS SKO JI YN TEBILA, VA ME RUDHY. PINDAS SKO GOMILA KIZI SIR.
["ELA ESTÁ LHE PEDINDO QUE ME DÊ A ELA, COMO PRESENTE. ELA ESTÁ LHE PEDINDO QUE FAÇA ISSO AGORA."]

— MISSANDEI

Missandei era uma escrava a serviço do Bom Mestre conhecido como Kraznys mo Nakloz quando atraiu a atenção de Daenerys nos mercados de escravos de Astapor. Levada de sua casa em Naath ainda muito nova, Missandei se lembra de muito pouco de sua vida antes da servidão, mas ela conseguiu se tornar uma tradutora talentosa, com o conhecimento de dezenove línguas. Dada a Daenerys a pedido da jovem Khaleesi, Missandei se torna o mais próximo de uma confidente e amiga que Daenerys permitirá.

NATHALIE EMMANUEL: À medida que a quarta temporada avança, estamos vendo mais de Missandei como pessoa, e não como objeto ou escrava. Ela está se tornando uma humana com sentimentos, e vemos mais da profundidade de seu caráter e de seu talento. O modo como ela foi escrita faz com que a gente se sinta solidário com ela; é muito doce e triste. É muito empolgante ser capaz de trabalhar com isso como atriz, ser capaz de vê-la como uma pessoa com a sua própria identidade em vez de apenas falar palavras de outras pessoas. O fato de Dany lhe fazer perguntas torna as suas palavras importantes. Acho que Daenerys é a sua primeira amiga; ela está tendo a chance de ser quem é. Por outro lado, ter crescido escrava significa que ela sempre será bastante reservada. Ela foi condicionada a ser assim e não confia com facilidade.

EMILIA CLARKE: Há uma complicação entre homens e mulheres que não existe aqui. Dany nunca teve qualquer tipo de influência materna, nunca cuidou de alguém. Há algo na relação entre Missandei e Dany que só pode acontecer entre duas mulheres. Dany quer confiar nela; ela inclusive diz para Missandei: "Não me traia." A jornada dela realmente começa com o desejo de salvar uma mulher de ser violada; ela se viu naquela situação. De certa forma, Missandei é o seu lembrete constante de que sempre haverá outra mulher. Há sempre mais bem para ser feito no mundo.

NATHALIE EMMANUEL: Não sabemos muito sobre a história de Missandei, na verdade, mas podemos supor que ela teria sido usada por homens para outras coisas além de traduções – espancada e maltratada. Ela sem dúvida desconfia dos homens, de modo que uma relação franca com uma mulher, na qual isso não é um problema, é algo completamente novo para ela.

BARRISTAN SELMY

"ESTIVE PROCURANDO POR VOCÊ, DAENERYS FILHA DA TORMENTA. PARA LHE PEDIR PERDÃO. JUREI PROTEGER A SUA FAMÍLIA. EU FALHEI COM ELES. SOU BARRISTAN SELMY, DA GUARDA REAL DE SEU PAI. PERMITA QUE EU ME JUNTE À SUA GUARDA REAL E NÃO VOU FALHAR NOVAMENTE."

— BARRISTAN SELMY

Barristan Selmy ainda é um dos maiores cavaleiros vivos da história de Westeros. Ele serviu como membro da Guarda Real de Aerys Targaryen e permaneceu leal à Casa Targaryen durante a Rebelião de Robert. Contudo, devido ao imenso respeito que Sor Barristan conquistara durante seu serviço, ele foi perdoado quando Robert Baratheon assumiu o poder. Sor Barristan serviu fielmente a Robert como Senhor Comandante da Guarda Real e, após a morte de Robert, manteve a sua posição no reinado do Rei Joffrey. Isto é, até Joffrey declarar que Barristan não estava apto para o serviço devido à sua idade. Alvo de zombarias na corte, enojado com o comportamento de Cersei e Joffrey e ofendido com o fato de que Jaime Lannister o substituiria, Barristan viajou para Astapor em busca de Daenerys Targaryen, sua nova rainha. Após salvar Daenerys de uma mantícora - parte de uma tentativa de assassinato pelos Feiticeiros de Qarth -, Sor Barristan jura servi-la em sua Guarda da Rainha.

IAN MCELHINNEY (BARRISTAN SELMY): Sem dúvida, Barristan é um dos personagens verdadeiramente honrados, um homem "bom". Alguns diriam que ele trocou de lado, mas foi com um perdão real. Na minha cabeça sempre pensei nele – e acho que os telespectadores também – como sendo leal e decente, "o homem honrado". Agora que ele está na corte de Daenerys, fará de tudo para provar sua lealdade e, em seus pensamentos, com sorte servir a alguém que é uma boa governante.

[PÁGINA AO LADO] *Nathalie Emmanuel interpreta Missandei, aia de Daenerys.*
[ACIMA] *Ian McElhinney interpreta o novo conselheiro, Barristan Selmy.*

— BANINDO JORAH —

EPISÓDIO 8: "A MONTANHA E A VÍBORA"

"VOCÊ VENDEU OS MEUS SEGREDOS AO HOMEM QUE MATOU O MEU PAI E ROUBOU O TRONO DE MEU IRMÃO. VOCÊ ESPERA QUE EU O PERDOE?"

— DAENERYS TARGARYEN

Em seu tempo no exílio – desde o seu casamento com Khal Drogo, quando ela se tornou a Khaleesi *do* khalasar *de Drogo –, Daenerys Targaryen depositou sua confiança em Jorah Mormont, que tem sido o seu conselheiro mais resoluto e leal. Jorah lhe ensinou costumes locais, aconselhou-a em estratégias militares e lutou ao seu lado em meio a uma série de desafios. Em um mercado do lado de fora de Vaes Dothrak, Jorah reconheceu e impediu uma tentativa de assassinato contra a jovem rainha, provando a Daenerys lealdade e preocupação com a sua segurança.*

Então Daenerys fica sabendo a verdade: Barristan descobriu que o cavaleiro exilado forneceu informações sobre ela para Porto Real e, em troca, recebeu perdão. Essa revelação acaba com a confiança de Dany em Jorah. Jorah protesta dizendo que renunciou a essa traição há muito tempo, mas Dany o bane para sempre de seus domínios. Esse ato transforma Daenerys e faz com que Jorah volte à sua vida pregressa, como um errante exilado em desgraça.

EMILIA CLARKE: Para mim é interessante que Dany possa ser misericordiosa com o mundo exterior, mas aqueles mais próximos a ela são sobrecarregados com um nível de cobrança muito mais severo. De certa forma, tenho a sensação de que o âmago de quem Daenerys se tornou está relacionado à perda do marido e do filho. Naquele momento, descobrir aquilo sobre Jorah... Acredito que ela coloque toda a culpa nele. Ela tem a sensação de que Jorah os colocou em perigo, que a ação dele levou à tentativa de assassinato do vendedor de vinhos e a todos os dominós que caem a partir dali.

BRYAN COGMAN: Acho que os telespectadores dão como certo, tal como Dany, que Jorah sempre estará lá – oferecendo conselhos sábios, apoio e proteção à *Khaleesi*. Então é um golpe forte nos personagens e no público quando ele é dispensado de forma tão abrupta, humilhado e em desgraça. Emilia e Iain estão fantásticos nessa cena, tanto que o diretor Alex Graves manteve a coisa toda centrada no rosto deles – há poucos cortes ou tomadas específicas. É uma cena bem poderosa.

EMILIA CLARKE: É a pior hora possível para receber tal golpe. Há um momento naquela cena em que ela sente a traição tão profundamente que quase podemos ver a moeda sendo jogada entre a loucura e a genialidade dentro dela. Não há dúvida de que ela escolhe o exílio [para Jorah] sabendo que esse tipo de purgatório é a pior punição possível para ele, mais ainda do que a morte.

[À DIREITA] *Jorah Mormont, um dos principais conselheiros de Daenerys durante suas campanhas, até que sua traição inicial é descoberta.* [PRÓXIMAS DUPLAS] *Na terceira temporada, várias camadas mostram o processo de computação gráfica que dá vida aos dragões; a maior arma de Daenerys é a ameaça do que os seus dragões se tornarão.*

— CRIANDO OS DRAGÕES —

"ELES SÃO DRAGÕES, *KHALEESI*. JAMAIS PODERÃO SER DOMADOS. NEM MESMO POR SUA MÃE."

— JORAH MORMONT

É claro, os três jovens dragões de Dany – Drogon, Rhaegal e Viserion – representam uma força militar potencialmente dominante e talvez invencível, mas para muitos eles também representam algo mais: são aparições de um tempo esquecido, um tempo de lendas. Para a equipe de efeitos visuais, a tarefa constante é gerar criaturas que sejam fantásticas e ao mesmo tempo com um pé na realidade. Esse desafio só fez crescer junto com os dragões, à medida que eles aumentam de tamanho e ganham habilidades.

JOE BAUER: Em termos de referências, o desenho dos dragões é baseado nos movimentos e nas formas de morcegos e águias. Claro, como estão carregando mais tamanho e peso, eles também deslocam mais ar para se manter em voo. No que diz respeito à atuação, cada um está desenvolvendo uma personalidade diferente – um é ardiloso, outro, mais agressivo e, claro, Drogon é o alfa, o leão da alcateia. A intenção é que sejam cada vez mais selvagens, perigosos e imprevisíveis.

STEVE KULLBACK: Os dragões são desenhados sob a supervisão de Joe por Dan Katcher, que começa a escultura inicial usando *z-brush* antes de passar para Maya para modelagem, texturas e iluminação. Mas, para nós, trata-se não tanto de quais programas usamos, mas sim do modo como eles são criados. Temos uma equipe incrivelmente talentosa que trabalha na Pixomondo, em Frankfurt. As dimensões e as proporções se tornaram muito mais predominantes; é menos por conta do tamanho e dos detalhes da cabeça e mais pelo comprimento do corpo pela envergadura das asas – que é de cerca de oito metros e meio em Drogon, que é aproximadamente 15% maior do que os outros dois. Há uma quantidade imensa de trabalho na criação dos detalhes que sugerem uma ameaça física, usando como inspiração elementos reais da natureza para garantir que os dragões tenham a aparência mais realista possível.

JOE BAUER: Além de morcegos e águias, usamos exemplos reptilianos – lagartos-monitores e dragões-de-komodo – para elementos específicos. Em termos de comportamento, consideramos que Drogon tem a personalidade de um leão e que Rhaegal e Viserion são grandes tubarões-brancos. Há uma espécie de nobreza, mas também uma crueldade. No que diz respeito ao peso específico deles, na verdade não elaboramos isso de fato. Em vez disso, nós nos concentramos em que proporção funciona melhor visualmente.

STEVE KULLBACK: Também não sabemos quantos dentes eles têm, apenas que eles os têm, e que parecem retorcidos.

JOE BAUER: Além disso, eles empurram os dentes para fora durante os ataques. Tiramos isso e a virada de olho do tubarão-branco. Há algo sobre o fato de que todos nós absorvemos um pouco das coisas que já vimos, como em programas sobre a natureza e coisas assim, que ajuda a dar mais realismo aos dragões.

BENIOFF E WEISS: Um tempo atrás, pedimos à equipe de efeitos visuais que fizesse um gráfico do crescimento dos dragões, e os acompanhamos temporada por temporada para que eles estejam no ponto certo no momento em que iremos precisar deles, por volta da sétima temporada. Parece que eles comem bastante entre as temporadas. Nós os adoramos e prestamos ainda mais atenção a eles, em especial no começo de cada temporada, quando os visuais finais estão sendo aplicados – mas o crédito pertence a Joe, Steve, Adam e todos os caras da Pixomondo. Deus está nos detalhes com os bebês de Dany, e cada sopro, piscada, espreguiçada e bufada foi trabalhada com carinho.

No início, tivemos medo de não conseguir executar a coisa da forma certa. Mas, supondo que eles tenham sido bem executados – e acho que os caras se superaram nesse quesito –, nunca tivemos medo deles como um elemento da série. Eles eram cruciais para a série desde a sua concepção.

EMILIA CLARKE: É um desafio reagir a algo que não está lá, mas, para mim, desde o primeiro dia a ideia dos dragões e do que eles representam é tão forte que quase faz sentido que eles precisem ser imaginados. É sempre espantoso ver o que a minha mente havia criado ser transformado em realidade. Eu estava muito doente na primeira vez em que os vi. Estava deitada na cama, e o meu irmão estava assistindo em outro cômodo. Eu os ouvi primeiro, na verdade, e a minha reação foi visceral. Eu corri para o outro cômodo pensando: "Meus bebês!" É incrível vê-los trazidos à vida.

Parte Oito

Uma Guerra Diferente

"Há gigantes lá embaixo! Montados em mamutes! Acha que aço frio vai detê-los?"

— Jon Snow

Enquanto as grandes casas de Westeros continuam a lutar umas contra as outras pelo Trono de Ferro, preocupações diferentes movem os jogadores ao norte da Muralha. Bran Stark e os seus companheiros estão lutando para sobreviver, apesar de tudo, para seguir as estranhas visões que os guiam na direção de um destino que mudará suas vidas. Nesse meio-tempo, Jon Snow e a Patrulha da Noite enfrentam um exército selvagem invasor como nunca se viu, tanto em tamanho quanto em composição. Embora tenham perdido o seu líder, o Comandante Mormont, e suas forças estejam reduzidas e ainda se recuperando da revolta na Fortaleza de Craster, os homens da Patrulha da Noite precisam lutar para defender a Muralha e cumprir os seus juramentos de proteger Westeros dos terrores que vieram bater à sua porta.

— CONSTRUINDO O BANCO DE FERRO —

"NÃO SE PODE FUGIR DELES, NÃO SE PODE ENGANÁ-LOS, NÃO SE PODE CONVENCÊ-LOS COM DESCULPAS. SE DEVER DINHEIRO A ELES E NÃO QUISER SER DESTRUÍDO, VOCÊ PAGA."

— TYWIN LANNISTER

Stannis Baratheon é movido por um desejo incessante de tirar o Trono de Ferro dos Lannister. Com uma convicção renovada nos poderes que Melisandre parece ter após a morte de Robb Stark, Stannis concorda em seguir sua visão de uma grande batalha na neve e responde ao chamado de ajuda da Muralha, mas suas forças ainda estão muito debilitadas em consequência da Batalha da Água Negra. Então o recém-perdoado Davos Seaworth sugere uma nova aliança, dessa vez com o lendário Banco de Braavos – o primeiro vislumbre de um mundo que até então não havia sido visto.

DEB RILEY: Uma das primeiras reuniões criativas que tive em Los Angeles incluiu uma conversa com Dan Weiss sobre a obra de Albert Speer e a arquitetura dos nazistas, sobre como a arquitetura podia ser usada para intimidar. Esse era o tom exato que eles queriam criar, a verticalidade e a força das formas. Funcionou perfeitamente para o Banco de Ferro, que é uma das instituições mais ricas daquele mundo. Adorei a ideia de que havia apenas uma mesa, sem nada sobre ela. Foi muito empolgante aplicar a estética de *Game of Thrones* em algo com uma perspectiva tão forte. Uma das coisas mais insanas sobre o set foi que ele ficou de pé por menos de uma semana.

TOM MARTIN: No decorrer de um período de construção de oito semanas, a equipe montou três lados do banco, que foram preenchidos por efeitos visuais. A força do projeto nos permitiu usar janelas de seis metros de altura ao longo de um lado inteiro da câmara. Cada um dos painéis da porta tinha quase quatro metros de altura; eram painéis de ouro inseridos na armação de bronze. Cada seção foi desenhada para retratar os investimentos do banco; por exemplo, a construção de navios ou cenas de guerra. O piso, de mármore verde-escuro bastante polido, foi feito com setecentas lajes marmorizadas e pintadas individualmente, de modo que não há padrões repetidos na pedra.

DEB RILEY: Nada mostra mais riqueza do que um piso de mármore perfeitamente polido. Algo que Gemma fez muito bem foi estabelecer paletas de cores para cada novo ambiente, e eu estava bastante ansiosa para fazer isso ali. A riqueza daquele verde funcionou muito bem para Braavos. O acabamento era tão bonito que não daria para acreditar que era mármore pintado polido. Foi um inferno manter o piso limpo. Nos dias de filmagem, todo mundo tinha de usar pequenas proteções por cima dos sapatos, mas valeu a pena para termos esses reflexos maravilhosos. Nunca tivemos isso em Porto Real. Caminhar naquele piso é intimidador só pelo som que os passos emitem. Achei que foi um sucesso.

BRYAN COGMAN: Adorei aquele set do Banco de Ferro. As linhas nítidas, o piso de mármore brilhante, aquela mesa imensa que intimida qualquer um que ouse entrar para pedir um empréstimo. Foi uma cena divertida de filmar – que outro épico de fantasia mergulha no lado financeiro das coisas?

[DUPLA ANTERIOR] *Jon Snow entra no acampamento selvagem com uma missão em mente: impedir o ataque à Muralha, mesmo que isso custe sua vida.* [PÁGINA AO LADO (ACIMA)] *Stannis e Davos se encontram com o Banco.* [PÁGINA AO LADO (ABAIXO)] *Entre as montagens, o piso do set era polido para remover todas as marcas.* [ACIMA] *Arte conceitual do Banco de Ferro.*

— CRIANDO OS MAMUTES E OS GIGANTES —

Game of Thrones *teve muitas sequências épicas, mas a Batalha pela Muralha no nono episódio da quarta temporada, "Os Patrulheiros na Muralha", foi sem dúvida a maior luta. O surgimento de mamutes e gigantes no exército selvagem foi essencial para o espetáculo. Enquanto os gigantes usavam sua força para disparar flechas para o topo da muralha imponente, os mamutes eram usados para arrancar os portões, com uma força aparentemente impossível de ser detida devido ao seu tamanho fenomenal e intimidador. Nesse episódio, os mamutes foram criados pela equipe de efeitos visuais, e os gigantes foram conjurados pelas equipes de próteses e figurinos. O departamento de efeitos visuais também supervisionou boa parte das cenas dos gigantes com tela verde e dos trabalhos no set, garantindo que a interação deles com os mamutes fosse proporcional em escala e verossímil.*

STEVE KULLBACK: O mamute tinha aproximadamente seis metros e setenta centímetros do chão à cabeça, quatro metros e meio de largura e cinco metros e meio de comprimento. Quando chega a hora de filmar, o mamute precisa viver num espaço em que os atores estão atuando, então precisávamos de um boneco de "pelúcia" similar ao que usamos com os lobos-gigantes. Precisamos ser capazes de enquadrar as tomadas, e os atores precisam saber para o que têm de deixar espaço, como reagir da maneira apropriada. Joe Bauer teve a ideia de usar uma armação espacial e trabalhou com Stuart [Brisdon, efeitos visuais] para projetar uma armação leve de aço que pudesse ser carregada por quatro pessoas para servir como substituta dos animais. Uma segunda armação foi construída para as tomadas com os gigantes. Ela tinha a metade do tamanho dos mamutes, o que permite que a escala seja proporcionalmente precisa.

JOE BAUER: Em determinado momento consideramos usar elefantes usando trajes especiais de mamutes. Isso já havia sido feito antes no filme *A Guerra do Fogo*. Consideramos isso porque, a princípio, parecia que um mamute de computação gráfica com a aparência e a eficácia necessárias não caberia no nosso orçamento, e essa poderia ser a nossa melhor alternativa. Comportamento animal e todos aqueles pelos? É basicamente a coisa mais cara feita em computação gráfica que podemos imaginar. Tivemos muita sorte. O vendedor do MPC nos disponibilizou modelos que eles haviam começado por outras razões e que estavam dentro do nosso orçamento.

Os gigantes foram desenvolvidos pela primeira vez na terceira temporada. A melhor decisão foi usar artistas extremamente altos para passar uma sensação de muito peso no movimento dos gigantes. Ian Whyte tem cerca de dois metros e quinze de altura. Ele é um artista de figurino bem conhecido no Reino Unido e já foi o nosso gigante antes, assim como um Caminhante Branco na primeira temporada. A produção então encontrou Neil Fingleton, o homem mais alto do Reino Unido, que com o figurino chega a cerca de dois metros e quarenta de altura. Também diminuímos em uma fração a velocidade na tela. Em termos de visual, a ideia era de que sempre estaríamos olhando para eles de baixo, de modo que os figurinos foram feitos propositalmente menores no alto, com grandes pernas grossas como troncos de árvore embaixo.

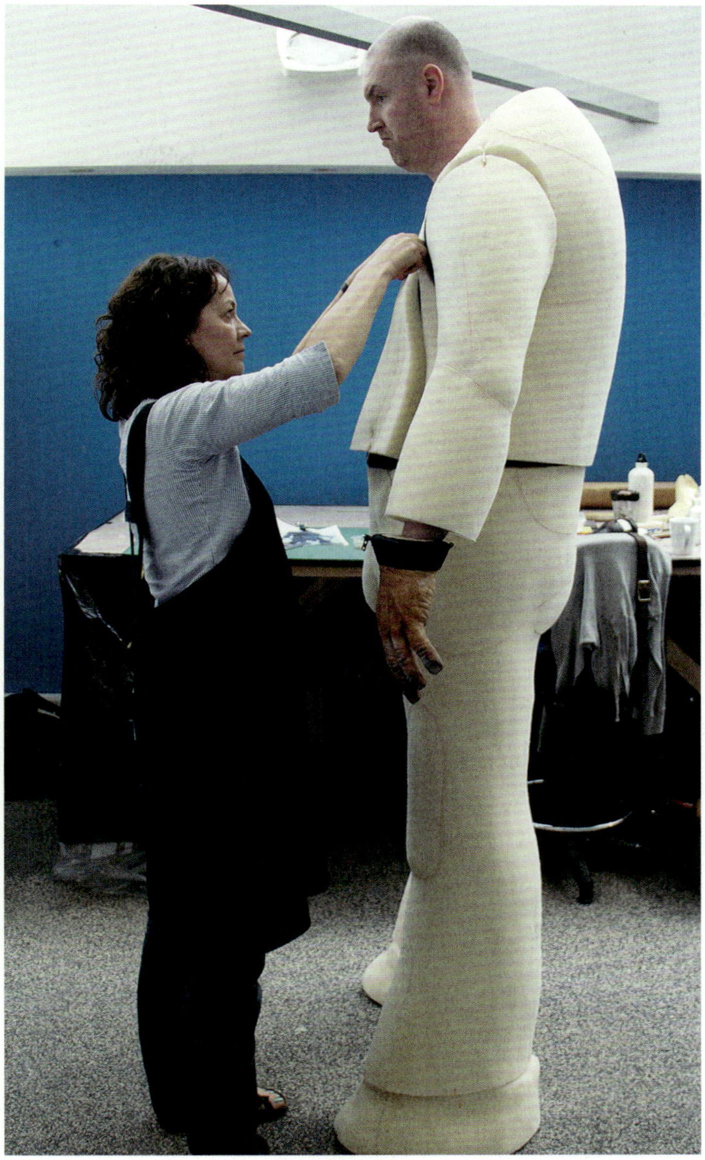

BARRIE GOWER (SUPERVISOR DE PRÓTESES): Tínhamos dois gigantes, Mag, o Poderoso, e Dongo, o Condenado. Usamos os moldes da terceira temporada, mas queríamos refazer alguns detalhes e os cabelos. Começamos com trajes de espuma de corpo inteiro que dão a forma geral, mas os que lhes dão vida são os incríveis figurinos de peles de animais e armas de acabamento grosseiro.

Para obter o traje, começamos fazendo um molde de corpo inteiro. Então um fabricante montou o figurino em camadas com espuma reticulada, criando algo que podia ser fechado com um zíper. Para o traje de Neil Fingleton, costuramos na roupa um par dos seus próprios sapatos para ficar mais confortável. A equipe de figurino então vestiu o traje de espuma, mas ainda precisávamos fazer prótese de silicone da cabeça para o segundo gigante, que foi criado do zero. Só a cabeça pesava vários quilos, portanto era muito pesado caminhar com aquilo – o que contribuía para o passo arrastado. Só as próteses levam três horas de aplicação. No fim conseguimos diminuir para cerca de uma hora e meia, ou seja, com os cabelos e os figurinos, o processo podia levar de três a cinco horas para cada um dos nossos gigantes.

NEIL MARSHALL (DIRETOR): Incorporar os mamutes e os gigantes acrescenta uma dimensão inteiramente nova ao que está acontecendo ao norte da Muralha, criando um espetáculo real da mesma forma que ocorreria com a chegada de tanques e aviões. Os selvagens usam os mamutes de uma maneira bastante estratégica, tentando aproveitar a força deles para atravessar o portão. Logisticamente, isso significou que o exército ao norte da Muralha precisou ter uma grande quantidade de computação gráfica. Devido à necessidade de diferentes referências visuais, algumas coisas precisaram ser filmadas mais de três vezes. Isso me lembrou de uma cena em *O Império contra-ataca*, na qual os AT-ATs imperiais aparecem na neve. Eles dão peso e seriedade ao ataque.

[PÁGINA AO LADO] ***Os gigantes se destacam na batalha.*** [ACIMA, À ESQUERDA] ***A filmagem diante da tela verde captura os condutores dos mamutes.*** [ACIMA, À DIREITA] ***Começando a montar o corpo dos gigantes durante os estágios de teste.***

— A BATALHA PELA MURALHA —

EPISÓDIO 9: "OS PATRULHEIROS NA MURALHA"

"IRMÃOS! DEFENDEMOS ESTE CASTELO POR CEM GERAÇÕES! ELE NUNCA FOI TOMADO ANTES. E NÃO SERÁ TOMADO ESTA NOITE!"

— SOR ALLISER THORNE

O tempo se esgotou para a Patrulha da Noite. Os selvagens chegaram à Muralha, determinados a atravessar os portões e invadir Westeros. O exército deles inclui gigantes, mamutes e os canibais Thenn, que desejam mais do que sangue. Todos estão prontos para conquistar a Muralha, e as forças reduzidas da Patrulha da Noite tentam com bravura impedir o sucesso deles. Para Jon Snow e Samwell Tarly, a vida mudará para sempre com a perda de amigos e da segurança da Muralha. Jon precisa assumir o manto de líder e, com isso, o fardo do sacrifício para o bem maior acima de preferências pessoais. Para Sam, é uma chance de se afirmar como um homem de conhecimento e experiência, de provar que mereceu o seu lugar na Patrulha e de trabalhar com Jon como um igual para desempenhar o seu papel na batalha.

A "Batalha pela Muralha" neste episódio foi a cena mais ambiciosa da série até então, e o diretor Neil Marshall retornou para liderar a investida. Filmada em três sets separados, sendo que um deles foi o maior construído até então, a ação ocorreu em todos os níveis possíveis.

Enquanto um estúdio inteiro do Paint Hall foi tomado pelo set para o topo da Muralha, mais dois sets podiam ser encontrados no fundo da pedreira Magheramorne — Castelo Negro e a base da Muralha.

À noite, a base da Muralha foi sitiada por mamutes de computação gráfica e gigantes, enquanto o pátio de Castelo Negro, no alto, ressoava com os sons de batalha conforme centenas de figurantes, dublês e atores lutavam pela sobrevivência e pelo futuro de Westeros.

[PÁGINA AO LADO] *Jon Snow enfrenta Styr no pátio de Castelo Negro.* [ACIMA] *Sam e Goiva deparam mais uma vez com um caminho perigoso.*

NEIL MARSHALL: Não houve como contornar a necessidade do set para o topo da Muralha. Simplesmente não havia jeito de conseguir o que queríamos em algum buraco escavado no solo. Ela precisava ser toda de neve e gelo, então fazia sentido construir do zero. Construímos de forma deliberada algo que ia ser horrível de se lutar em cima. Acabamos com um set imenso a quase oito metros acima do chão. Então, se caísse pela beirada, você acabava espremido nessas trincheiras estreitas. Foi um pesadelo do ponto de vista logístico filmar ali, por conta do espaço apertado. Não facilitamos as coisas para nós mesmos, mas o efeito é fantástico.

DEB RILEY: A referência do departamento de arte para o topo da Muralha foi o Somme. É algo com o qual as pessoas estão familiarizadas quando pensam nos horrores da guerra, então há uma espécie de reconhecimento instantâneo. Foi interessante e uma lição de humildade ver o modo como os homens lutaram nas trincheiras e então as tomaram para si – e depois experimentar como isso poderia ser feito na neve. Também fiquei fascinada pela proporção da coisa. A Muralha tem mais de duzentos metros de altura, mas qual é a largura dela? Para que direção algumas coisas ficam voltadas? Eu também queria incluir as linhas não lineares das trincheiras em zigue-zague, que criam uma oportunidade de você ser surpreendido pelo que se encontra logo depois da curva.

TOM MARTIN: Esse foi de longe um dos sets mais desafiadores de se completar. O set em si ocupava a maior parte do espaço do estúdio, construído em cima de uma armação de aço de mais de quatro metros de altura. Foi esculpido a partir de mais de quatrocentos blocos de isopor à prova de fogo por doze modeladores, que levaram seis semanas para terminá-lo. Depois que o set estava acabado e engessado, mais de cinco toneladas de cera quente foram borrifadas nas paredes, criando o mesmo efeito de gelo que vimos na terceira temporada. Para tornar o set o mais real possível, usamos madeira de demolição para servir como os suportes nas trincheiras.

O tamanho do set também exigiu um dos maiores fundos cênicos pintados à mão já criados na Europa, medindo vinte metros de altura e mais de noventa metros de comprimento.

NEIL MARSHALL: Passar para a locação externa significava que havia mais espaço para efeitos especiais. Gosto de ser a pessoa que força os limites do que pode ser alcançado em um set. Eu queria que a escala das cenas de ação com o fogo na base da Muralha fosse grande. Barris de óleo fervente estão sendo jogados em cima desses caras, e a situação seria bem feia. Tínhamos dublês fantásticos que foram capazes de ficar no meio de uma explosão de verdade e serem envolvidos pelas chamas. Fizemos isso apenas duas vezes, mas era tudo de que precisávamos.

STUART BRISDON: A explosão do óleo fervente no mamute foi algo em que trabalhei pessoalmente. Depois de testes que pareceram intermináveis durante duas semanas, o que bolamos foi arremessar o combustível para a frente e para cima a partir de três pontos diferentes para criar uma muralha de fogo. Cada ponto tinha três potes "morteiros" com um litro e meio de combustível e uma carga separada (nove ao todo). Além disso, tínhamos três lotes enterrados de uma pasta de combustível grossa, de modo que, depois que o combustível começasse a cair, choveriam chamas, e elas se espalhariam pelo solo. Atingimos novos patamares com as sequências de ação nessa temporada.

NEIL MARSHALL: Desde o início esse era um problema muito mais complexo. "Água Negra" (nono episódio da segunda temporada) foi um exército embarcando em navios, desembarcando nas praias e correndo para o portão – foi bastante linear. A batalha pela Muralha ocorreu em duas frentes: há personagens ao sul da Muralha engajados em uma batalha, um exército ao norte e as forças defensivas presas no meio. Na verdade, são três grupos separados que precisamos manter ligados, mas as distâncias são imensas. Por exemplo, a Muralha deve ter mais de duzentos metros de altura, então nenhuma flecha consegue alcançar o topo – isso mantém aquele grupo bastante isolado. Ninguém correria perigo. Dar arcos aos gigantes é como trazer a artilharia pesada. Eles reúnem todos os elementos. Fiz com que um gigante disparasse uma flecha, e essa flecha é tão poderosa que arranca um sujeito do alto da Muralha e o derruba no pátio de Castelo Negro, no meio da luta que está ocorrendo ali.

KIT HARINGTON: Falar sobre a batalha significa falar sobre como os dublês da série são mesmo incríveis. As sequências que eles inventam são extraordinárias. [O mestre espadachim] C. C. Smiff é muito paciente e entusiasmado. Ele sabe que não há sentido em ter uma cena em que os atores de fundo ficam correndo de um lado para o outro como galinhas sem cabeça. Ele dá muita atenção à multidão de figurantes. Para mim, é assim que deve ser – somos um grupo.

NEIL MARSHALL: Kit acabara de voltar de um filme no qual ele passara meses praticando técnicas de luta e estava com uma condição física ótima. De todo modo, ele possui uma habilidade fluida natural; ele é como um jovem Errol Flynn. Quanto ao seu personagem, eu sentia que tínhamos passado três anos construindo Jon como um grande guerreiro, então ele tinha que ser bom. Foi demais poder remover quaisquer restrições e ver do que ele era de fato capaz.

BENIOFF E WEISS: Damos a Neil Marshall um orçamento e um cronograma de produção limitados, e ele de alguma forma cria uma experiência cinematográfica completa. E, ainda por cima, consegue atuações maravilhosas e emocionantes. A tomada em 360°. A flecha do gigante arrancando o pobre patrulheiro do topo da Muralha e o derrubando no pátio. A Foice sendo solta. O mamute puxando os portões. Mag, o Poderoso, avançando pelo túnel. A tomada de Jon Snow segurando Ygritte nos braços. Essa pode não ter sido uma tomada de ação, mas é possível que seja a nossa tomada favorita de toda a temporada.

NEIL MARSHALL: A tomada em 360º foi algo que eu queria fazer desde o momento em que pisei no pátio de Castelo Negro. Ter algo que é tão abrangente dessa forma é muito mais interessante visualmente. Decidi que a ação seria coreografada nas extremidades, com algumas lutas no meio. De modo similar à flecha do gigante, usei a tomada para acompanhar as posições dos personagens principais dentro da batalha. Até esse ponto, nós tínhamos visto todos individualmente, então a tomada em essência liga todos geograficamente. Tivemos muita sorte. Na noite da filmagem, passamos uma hora ensaiando antes de conseguir filmá-la em sete tomadas.

BRYAN COGMAN: O nono episódio da quarta temporada talvez seja o nosso episódio mais repleto de ação até o momento, mas também é uma porrada emocional com a morte de Ygritte. Do ponto de vista da história, eu adoro porque ele enfim apresenta algo que vínhamos insinuando aos poucos desde o primeiro episódio: Jon Snow como um herói. Ele realmente se sobressai. E também é um momento importante para Samwell Tarly, com John Bradley tendo uma atuação sensacional. Mas, no fim, esse episódio é uma prova da qualidade da nossa incrível, dedicada e incansável equipe, que é a melhor do ramo e ponto final.

JOHN BRADLEY: A jornada de Sam com Goiva de volta para a Muralha e escapando dos Caminhantes Brancos o colocou em uma posição real de poder com certos membros da Patrulha da Noite, pelo fato de ele possuir todo esse conhecimento. É como se ele tivesse descoberto o seu valor, e é um valor bastante singular. Lutar é algo que várias pessoas podem fazer relativamente bem, mas o mesmo não acontece com a parte acadêmica.

KIT HARINGTON: Jon nunca teve muito a perder, mas até essa batalha ele basicamente não havia conseguido nada. Ele sabe o que precisa fazer para proteger o povo ao sul da Muralha e começa a reconhecer que o seu amor pelos homens e a sua capacidade de liderança poderiam permitir que ele seguisse os passos do Comandante Mormont, mesmo que fosse por necessidade em vez de desejo.

JOHN BRADLEY: Quando Sam chegou lá, não dava para imaginá-lo protegendo quem quer que fosse, mas ele tomou conta de Goiva, e Pyp agora procura Sam em busca de conforto e conselhos. Sam sabe que estão em desvantagem, mas ele oferece uma espécie de braço paternal para tranquilizá-lo. Sam tem uma reação instintiva e sabe que precisa tomar uma atitude em vez de ser dissuadido por sua falta de confiança – é aí que ele realmente se sobressai.

[ACIMA] *Ygritte morre nos braços de seu corvo.* [PRÓXIMA DUPLA] *Os selvagens são envolvidos por chamas durante o ataque à Muralha.*

OS FILHOS DA FLORESTA:
UMA BREVE HISTÓRIA

"OS PRIMEIROS HOMENS NOS CHAMARAM DE FILHOS. NÓS NASCEMOS MUITO ANTES DELES."

— FILHA DA FLORESTA

POUCO SE SABE SOBRE A "ERA DA AURORA", a época em que Westeros abrigava os Filhos da Floresta. Durante milhares de anos eles viveram em meio às árvores e adoraram os Deuses Antigos, no bosque sagrado, entalhando rostos nos represeiros e vivendo em harmonia com a natureza.

Então, mais de doze mil anos atrás, os Primeiros Homens atravessaram a ponte terrestre de Essos e se espalharam por Westeros. Quando os Primeiros Homens derrubaram as árvores para construir seus povoados, eles desencadearam uma guerra com os Filhos da Floresta. Durante séculos, as espadas de bronze dos invasores se chocaram com as lâminas de obsidiana dos Filhos, até que uma trégua foi declarada e os dois povos assinaram um acordo conhecido como o Pacto da Ilha das Caras. A paz reinou, dando início à Era dos Heróis, durante a qual os Primeiros Homens adotaram os Deuses Antigos como seus. Então, cerca de oito mil anos atrás, quando a Longa Noite caiu e os Caminhantes Brancos invadiram Westeros, os Filhos da Floresta e os Primeiros Homens lutaram juntos para repelir as criaturas mortas-vivas de volta para as desconhecidas Terras de Sempre Inverno.

Seguiu-se um período de paz até a invasão dos ândalos, que chegaram por volta de seis mil anos atrás. Os ândalos expulsaram os Primeiros Homens de todos os cantos de Westeros e trouxeram consigo a religião dos Sete, conquistando tudo, com exceção do Norte, e massacrando os Filhos, que eram vistos como abominações. Acreditava-se que os Filhos haviam sido exterminados, e tudo o que parecia restar deles eram a fé dos Deuses Antigos e as histórias de magia guardadas pelo Norte e por seus habitantes.

[ACIMA] *A Filha guia Bran e o seu grupo para dentro da caverna.* [PÁGINA AO LADO] *As visões e os poderes de Bran se tornam prolíficos.*

AS VISÕES DE BRAN

"ELE ESTÁ ESPERANDO POR VOCÊ. PRECISAMOS ENCONTRÁ-LO. VOCÊ PRECISA CONSEGUIR."

— JOJEN REED A BRAN STARK

Desde que Jojen Reed apareceu pela primeira vez com sua irmã, Meera, ele tem ajudado a guiar Bran a seguir as suas visões. O trio escapa para a região ao norte da Muralha, mas as pequenas batalhas do grupo estão longe de acabar: Jojen está enfraquecendo, e eles não possuem destino certo. Bran está dividido entre a liberdade que experimenta ao entrar no corpo de seu lobo-gigante e os avisos severos de Jojen de que Bran está perdendo a sua humanidade ao fazer isso. Então, num momento, tudo muda. Ao pararem para descansar em uma floresta, Bran toca em um represeiro e suas visões surgem com força: o passado e o presente colidem, e ele tem um vislumbre do futuro. Bran é deixado com uma última imagem assustadora: ele agora conhece tanto o local para onde devem viajar para que ele encontre o seu destino quanto o sacrifício que será necessário para chegar lá. A imagem que ele vê é de dois represeiros imensos crescendo entre quatro picos distintos.

Quando o grupo enfim chega ao seu destino, parece que ele poderá encontrar refúgio, até que, no último momento, as criaturas mortas-vivas atacam com uma violência até então inédita. Para escapar em segurança, Bran precisa entrar na mente de Hodor mais uma vez e ajudar Meera na luta, mas Jojen não pode ser salvo e, para evitar que ele se transforme, Meera não tem escolha a não ser conceder ao seu amado irmão a única misericórdia que resta – uma morte rápida e limpa.

ISAAC HEMPSTEAD-WRIGHT (BRAN STARK): O que acho triste para Bran é que ele sabia que isso tinha que acontecer. Por mais devastadora e trágica que seja, a morte de Jojen não é algo inesperado nesse mundo, onde tantas coisas exigem sacrifícios. Ele teve que se afastar do irmão Rickon e deixar Jon para trás na Fortaleza de Craster para chegar àquele lugar. Ele sabe que precisa chegar ao lugar que previu.

ALEX GRAVES: Para mim, era importante que essa cena fosse verdadeiramente horrível. O elemento adicional de fazer com que Meera mate o próprio irmão para salvar o grupo, fazê-los correr pelas cavernas com uma sombra pairando sobre eles, foi um grande drama.

BENIOFF E WEISS: Não queremos entrar em muitos detalhes da razão de isso ser diferente porque... bem, são perguntas que a própria série responderá mais adiante. Mas, sim, quando ele perdeu as pernas, ele ganhou outra coisa. E essa outra coisa faz dele uma pessoa muito importante.

— CONSTRUINDO A CAVERNA DAS RAÍZES —

Após um esforço monumental através da paisagem implacável do Norte, Bran Stark e os seus companheiros enfim chegam ao local de suas visões, que abriga um poder misterioso encontrado dentro da Caverna das Raízes. Ao se aproximar, o grupo é acossado por criaturas mortas-vivas, mais velhas e mais grotescas do que nunca, e a luta custa a vida de Jojen Reed. Mais tarde, o grupo é levado para dentro da caverna por uma Filha da Floresta e guiado até o destino de Bran: encontrar o Corvo de Três Olhos.

DEB RILEY: David e Dan realmente sabem o que querem. É tudo uma questão de encontrar o tom certo. Começamos introduzindo uma fonte de luz dentro da caverna, mas o cenário acabou ficando com uma cara muito forte de ficção científica, então tivemos que removê-la. Precisamos manter a base de realidade, a sensação rústica e de sujeira da caverna – mesmo que seja habitada por um homem emaranhado nas raízes.

TOM MARTIN: Essa foi uma construção muito interessante, que teve início na locação em uma pedreira ao norte de Belfast. Escavamos centenas de toneladas de terra para construir o acesso e a entrada da caverna. Então, no estúdio, construímos os túneis que levam para a parte principal da caverna. Os túneis em si tinham mais de vinte e quatro metros de comprimento e foram construídos em diferentes níveis com uma textura bastante úmida e orgânica nas paredes e no chão. O grupo responsável pelas plantas no nosso fantástico departamento de arte passou semanas pelando e escovando milhares de raízes individuais antes de prendê-las às paredes e aos suportes resistentes que pendiam do teto do estúdio. Depois que tudo isso estava no lugar, as raízes tiveram de ser pintadas individualmente para dar uma impressão orgânica natural ao set, mas também para permitir que a luz refletisse nas raízes, dando uma aparência fantástica a tudo. Então o chão foi coberto com uma mistura de argila e adubo e decorado com dezenas de crânios e centenas de ossos.

MIKE GIBSON (DEPARTAMENTO DE ARTE): Foi um pouco complicado encontrar o material adequado. Poderíamos ter criado raízes de espuma, mas o custo teria sido proibitivo, ainda mais levando em consideração o tamanho do set. Descobrimos que galhos de rododendro eram perfeitos para criar o visual nodoso e retorcido que estávamos procurando. Rododendros podem ser bastante invasivos em matas e precisam ser cortados. O pessoal de outro set nos deu permissão para levar alguns dos galhos que eles haviam cortado. O desafio seguinte era prender esses galhos no set depois que ele fosse construído. Basicamente penduramos tudo em um andaime imenso que o departamento de construção erguera ao redor do set. Três caras e um caminhoneiro passaram três semanas recolhendo e entregando constantemente galhos de três florestas diferentes. Cada uma das raízes foi lixada, posicionada e pintada individualmente. Só os parafusos custaram cerca de mil libras. Além disso, depois a caverna recebeu um acabamento de vinte toneladas de terra e dez toneladas de rochas.

ISAAC HEMPSTEAD-WRIGHT: O set era espetacular. Foi o máximo me arrastar em meio aos ossos. Eu tinha a impressão de que estava no set do clipe de uma banda de heavy metal. Foi um dos meus momentos favoritos da temporada.

[ACIMA] *Para chegar ao final da jornada, Bran precisa continuar sozinho.* [PÁGINA AO LADO] *Bran e o seu grupo entram na Caverna das Raízes.*

— CRIANDO O CORVO DE TRÊS OLHOS —

"FUI MUITAS COISAS. AGORA SOU O QUE VOCÊ ESTÁ VENDO."

— O CORVO DE TRÊS OLHOS

Desde que começou a ter visões, Bran Stark é visitado pelo poder por trás das visões do Corvo de Três Olhos, que parece guiá-lo para cada vez mais perto de um destino desconhecido. Bran esperava que, ao encontrar o Corvo, ele pudesse ter o poder de restaurar a sua capacidade de andar, mas isso não acontece. A única promessa que ele faz a Bran é a de que um dia ele voará.

BARRIE GOWER: Esse personagem realmente me deixou animado desde o início. Eu sabia que ia precisar de uma colaboração maior entre os departamentos porque iríamos construir esse personagem no set. O personagem é de fato suspenso por uma treliça de raízes, então precisávamos ter condições de manter o ator em segurança e ainda tornar possível que ele entrasse e saísse com facilidade entre as tomadas.

Desde o início eu pensei no trabalho que Tom Savini fez em todos aqueles filmes de horror clássicos dos anos 1980, como *Sexta-Feira 13* e *Despertar dos mortos*. Alguém era decapitado ou ficava no chão com os órgãos para fora, e isso era obtido usando um corpo falso com uma tábua posicionada por baixo ou por trás. Tudo o que o ator precisava fazer era enfiar a cabeça em um vão bem posicionado. Foi o que acabamos fazendo: o ator usava a cabeça, os ombros e os braços, mas o resto do corpo foi fabricado e incorporado ao set. O nosso ator então subiu em uma escada e se posicionou. Tudo o que precisamos fazer foi colocar os últimos galhos em volta do seu corpo.

O set em si foi um dos mais fantásticos em que já estive. Estar lá e incorporar o nosso trabalho a ele foi um momento importante para nós. Pode ser um desafio ter que igualar algo que é real, mas, no dia da filmagem, as pessoas andavam em volta das raízes sem saber ao certo o que era real e o que era falso. A sensação foi de um grande sucesso. O set foi perfeitamente iluminado e, quando começaram a bombear o gelo seco, foi como estar em outro mundo.

[PÁGINA AO LADO] *O Corvo de Três Olhos entrelaçado nas raízes.*
[ACIMA] *O represeiro, o ponto final da jornada das visões de Bran.*

— EPÍLOGO: ACRESCENTANDO NOMES À PRECE DE ARYA —

"JOFFREY. CERSEI. WALDER FREY. MERYN TRANT. TYWIN LANNISTER. A MULHER VERMELHA. BERIC DONDARRION. THOROS DE MYR. ILYN PAYNE. A MONTANHA. O CÃO DE CAÇA."

— ARYA STARK

O ritual noturno de Arya inclui a recitação de uma lista de nomes das pessoas que ela pretende encontrar e matar. Durante as minhas entrevistas, não perguntei aos meus interlocutores quem eles achavam que ia conseguir ficar com a coroa (ou, sejamos francos, sobreviver) em Game of Thrones, *mas quem, para eles mesmos ou para os seus personagens, deveria ser acrescentado à lista e ficar marcado para morrer.*

MAISIE WILLIAMS: Melisandre. Alguns dos outros personagens são quase admiráveis, mesmo dos seus jeitos malignos e distorcidos, mas não consigo ver nada que a redima em seu caráter! Ela pode dizer o que quiser sobre as suas motivações, eu não engulo.

ROSE LESLIE: Tem que ser Mindinho. Ele é o que mais me assusta. Ele é mais aterrorizante do que Joffrey, que é só um garotinho mau. Ele é tão esperto e manipulador, e terrível de verdade.

CHARLES DANCE: Mindinho. Ele precisa morrer – ele é tão escorregadio. É como um gás que não podemos ver ou tocar, mas que entra no seu sistema respiratório e você não percebe até ser tarde demais. Ele é um personagem maravilhosamente maquiavélico. Eu não iria querer vê-lo sobrevivendo por muito tempo.

SIBEL KEKILLI: Walder Frey. Eu o odeio por matar todo mundo no Casamento Vermelho. Eu tenho uma lista! Mate esse, esse, aquele outro precisa morrer... eu poderia continuar listando os nomes. Roose Bolton é horrível, e Shae não ficaria muito feliz por Mindinho estar com Sansa agora – ele é realmente muito, muito perigoso. Desculpe, Lena, eu amo você, mas para mim Cersei é o monstro de tudo isso.

DIANA RIGG: Não importa o que eles estejam fazendo, eu preferiria manter todo mundo vivo! Gosto bastante das dinâmicas do jeito que estão.

ISAAC HEMPSTEAD-WRIGHT: Não confio em Melisandre, mas não tenho certeza de que iria querê-la morta, talvez apenas aprisionada em uma masmorra em algum lugar. Ramsay Snow, o garoto das torturas, acho.

JACOB ANDERSON: Eu queria muito que Joffrey morresse, mas acho que vou sentir falta do quanto eu adorava odiá-lo, aquele desgraçado cruel. Mas sabe quem deveria realmente morrer? Roose Bolton.

IAN MCELHINNEY: Seria uma aberração, para o dizer o mínimo, se Cersei conseguisse chegar ao fim, mas acho que vamos continuar com ela durante algum tempo.

PEDRO PASCAL: Como Oberyn, é ótimo ver que Tywin morre nessa temporada. Como espectador, fiquei empolgado ao ver Joffrey morrer, e então conheci Jack [Gleeson] e ele é a antítese do seu personagem. Eu meio que adoro o Joffrey agora, o personagem que ele está representando, o homem que ele realmente é.

LENA HEADEY: Como Cersei, provavelmente Margaery e Tyrion na mesma medida. Como eu mesma? Bem, fiquei muito feliz quando Craster foi assassinado, mas vou ter que escolher Stannis.

MICHAEL MCELHATTON (ROOSE BOLTON): Estou um pouco desapontado agora que Tywin morreu, mas fico feliz por Roose. Porém, pessoalmente, vou ter que escolher Joffrey.

NATHALIE EMMANUEL: Cersei precisa levar o troco. Mesmo depois de tudo o que aconteceu com Joffrey, acho que ela sem dúvida precisa receber o que merece.

RICHARD DORMER: Joffrey era um monstro, mas matar Catelyn? Walder Frey é puro mal.

SOPHIE TURNER: Como personagem, acho que Daenerys é uma jogadora muito forte no jogo. Ela precisa morrer para que mais alguém possa se destacar. Por mais que eu adore vê-la, acho que ela é a maior ameaça.

EMILIA CLARKE: Eu sei que não quero Mindinho no trono, mas Aidan Gillen é tão bom e a trama dele é tão interessante que não quero que ele morra.

NIKOLAJ COSTER-WALDAU: Eu gostaria de ver os dragões serem mortos. Eles são armas de destruição em massa. Não podemos ter algo assim. Máquinas de morte, extremamente horríveis e malignas. Mas tenho a impressão de que eles vão sobreviver.

PETER DINKLAGE: Perdemos alguns vencedores dessa categoria nessa temporada. Vou ter que escolher Torta Quente. Nunca confiei naquele garoto. Roose Bolton vai receber o que merece de alguma forma, mas é preciso ter cuidado com Torta Quente.

C. A. TAYLOR trabalhou nos bastidores da indústria televisiva por mais de uma década e começou a escrever sobre esse tema para o *Making of Game of Thrones*, da HBO, em 2010. Este é seu primeiro livro. Ela mora em Londres.

DAVID BENIOFF é escritor, roteirista e coprodutor executivo da série *Game of Thrones*, da HBO. Mora em Los Angeles.

D. B. WEISS é escritor, cineasta, coautor e coprodutor executivo da série *Game of Thrones*, da HBO. Mora em Los Angeles com sua esposa e seus dois filhos.